달콤한
파자마파티,
비밀은없다

달콤한 파자마파티, 비밀은 없다

청소년 성장소설 십대들의 힐링캠프, 우정(신뢰)

[십대들의 힐링캠프®] 시리즈 NO.36

지은이 | 박기복
발행인 | 김경아

2021년 10월 5일 1판 1쇄 인쇄
2021년 10월 10일 1판 1쇄 발행

이 책을 만든 사람들
책임 기획 | 김경아
기획 | 김효정
북 디자인 | KHJ북디자인
표지 삽화 | 발라
교정 교열 | 좋은글
경영 지원 | 홍종남

이 책을 함께 만든 사람들
종이 | 제이피씨 정동수 · 정충엽
제작 및 인쇄 | 천일문화사 유재상

청소년 기획위원
정가인, 양태훈, 양재욱

펴낸곳 | 행복한나무
출판등록 | 2007년 3월 7일. 제 2007-5호
주소 | 경기도 남양주시 도농로 34, 다산 플루리움 301동 301호(다산동)
전화 | 02) 322-3856 팩스 | 02) 322-3857
홈페이지 | www.ihappytree.com
도서 문의(출판사 e-mail) | e21chope@daum.net
내용 문의(지은이 e-mail) | yesreading@gmail.com
※ 이 책을 읽다가 궁금한 점이 있을 때는 지은이 e-mail을 이용해 주세요.

ⓒ 박기복, 2021
ISBN 979-11-88758-37-1
"행복한나무" 도서번호 : 138

차례

| 주요 등장인물 | | ● 006 |

| 프롤로그 | 오징어, 피자, 그리고 파자마파티 | ● 008 |

1부. 우정은 피자 조각처럼

돌아오지 않는 반지 　　　　　　　　　　　정보배 ● 016

토핑 없는 피자 같은 사랑 　　　　　　　　윤민새 ● 045

죽기보다 하기 싫은 말 　　　　　　　　　　최서아 ● 080

이것은 흔한 이야기다 　　　　　　　　　　신재희 ● 114

2부. 한별이의 어깨동무

은밀한 파자마파티 　　　　　　　　　　　　　　● 144

나 홀로 어깨동무 　　　　　　　　　　　　　　　● 164

오징어를 좋아한대 　　　　　　　　　　　　　　● 173

| 에필로그 | 파자마파티와 진실게임 　　　　　　　● 190

주요 등장인물

유한별 _ 중3 여학생.

토요일 밤에 친구들(윤민새, 최서아, 정보배, 신재희)을 초대해 파자마파티를 연다. 파자마파티에서 각자가 겪었던 비밀스러운 이야기가 오간다.

정보배 _ '돌아오지 않는 반지' 이야기의 서술자.

소중한 추억이 깃든 반지가 우연히 친구 손에 넘어가고, 한 번 넘어간 반지는 돌아올 줄을 모른다. 보배는 과연 소중한 반지를 되찾을 수 있을까?

윤민새 _ '토핑 없는 피자 같은 사랑' 이야기의 서술자.

오랫동안 짝사랑한 남학생에게 고백하려고 하는데 예상치 못한 일이 벌어진다. 과연 민새는 원하는 사랑을 얻을 수 있을까?

달콤한 파자마파티, 비밀은 없다

최서아 _ '죽기보다 하기 싫은 말' 이야기의 서술자.

어린이집에 다닐 때부터 10년 동안 쌍둥이 자매처럼 가까이 지낸 친구의

비밀이 드러나면서 위기가 닥친다. 서아는 10년 우정을 위협하는 위기를

극복할 수 있을까?

신재희 _ '이것은 흔한 이야기다' 이야기의 서술자.

일곱 명의 여학생들이 무리를 이루어 즐겁게 지내던 중 심각한 갈등이

벌어지며 무리가 깨지고, 재희는 이 사태의 후폭풍에 휘말린다. 과연 재

희는 우정이 깨진 원인을 밝혀낼 수 있을까?

오징어, 피자, 그리고 파자마파티

"박도진을 좋아했다고?"

"어머! 진짜?"

"그 오징어를?"

"잠깐이었다니까."

핑계를 대는 서아 얼굴이 발그레하니 예쁘다.

"오징어인 게 안 보였어?"

"그때는 문어인 줄 알았지."

서아가 농담으로 받는다.

까르르, 웃음이 한바탕 휩쓸고 지나간다.

똑똑!

"왜? 엄마!"

"공주님들, 치킨 왔어요."

와~~. 환호성과 함께 입맛을 자극하는 냄새가 들어온다.

치킨을 가운데 두고 다섯 명이 동그랗게 둘러앉아 기쁨을 먹는다.

치킨은 뼈만 남기고, 동그라미 안에는 보드게임 판이 펼쳐진다.

"어째 게임에서도 빈익빈 부익부냐."

재희가 입술을 뒤집으며 투덜거린다.

"그러게 처음에 아바타를 잘 골랐어야지."

보배가 재희 돈을 싹쓸이해 간다.

"얘들아!"

재희가 뜬금없이 우리를 부른다.

보드게임 판에서 재희 얼굴로 시선이 모인다.

재희가 입을 삐죽 내밀고 둘레둘레 살피더니 갑자기 베개를 집어 든다.

꺅—!

난데없이 베개 싸움이 벌어진다.

괴성을 지르며 방안 곳곳을 뛰어다닌다.

다섯이다 보니 서로 이편을 먹었다 저편을 먹었다 뒤죽박죽 난투극
이 벌어진다.

천장에 띄워 놓은 무지갯빛 헬륨 풍선도 베개를 피해 이리저리 도망
다닌다.

땀이 날 때까지 베개를 휘두르니 다시 배가 고프다.

"이번엔 피자 어때?"

다들 찬성이다.

피자를 기다리는 동안 각자 휴대전화를 붙들고 사진도 찍고, 웹툰도 보고, 노래도 들으면서 방 곳곳을 뒹군다.

잠시 뒤 피자와 시원한 음료수가 들어온다.

맛있는 피자를 가운데 두고 시원한 음료수를 나눠 마시며 또 한바탕 까르르 웃는다.

"박도진이 정말 오징어로 안 보였어?"

재희가 서아 옆에 바짝 붙어서 진지하게 묻는다.

"흑역사야, 흑역사! 그때는 잠깐 눈에 콩깍지가 씌었다니까."

서아 콧등에 잔주름이 잡힌다.

"최서아 씨, 사랑엔 죄가 없어요."

재희가 굵은 남자 목소리를 흉내내자, 서아가 발을 동동거리며 박장대소한다.

보배와 민새도 피자를 든 채 따라 웃는다.

나는 너무 심하게 웃어서 배가 아프다.

웃음이 그치고 문득 재미난 생각이 떠오른다.

"우리 진실게임 할까?"

내가 제안한다.

"연애 얘기라도 하자는 거야? 난 남자 손은 아빠 빼고 잡아 본 적이 없어."

보배가 피자를 크게 한입 먹는다. 손에 든 피자가 순식간에 사라진다.

"비밀을 나눠야 우정이란 성벽이 높아지니까."

내가 은유를 사용하자 민새가 감탄한다.

"그거 재밌겠네."

보배가 동조하고 나선다.

"그런데 좋았던 경험은 금지!"

재희가 소재를 제한한다.

"그럼 당연히 흑역사를 고백해야지."

자기 흑역사가 밝혀져 놀림을 당한 서아가 동조한다.

"아니면 배신당한 얘기도 좋고."

'배신'이란 단어를 들으니 갑자기 언짢은 일이 떠오른다.

꽤 지난 일이긴 하지만 여전히 그때 일을 떠올리면 기분이 나쁘다.

"내가 제안을 했으니까 먼저 할게."

내가 이야기를 풀어놓으려고 하자. 민새, 서아, 보배, 재희가 바짝 다가온다.

"1학년 때였어. 4월이 되도록 친구 한 명도 못 사귀고 외로워하는 애가 있었어. 외톨이로 지내는 게 안쓰러워서 내가 먼저 말을 걸었지. 처음 말을 거니까 어찌할 바를 모르는 거야. 어찌나 부끄러움이 많은지 나도 처음에는 다가가기가 꽤 힘들었어. 어느 정도 가까워진 뒤에는 나랑 친한 애들을 소개해 줬어. 내 덕분에 조금씩 친구가 생기고 성격도 활발하게 변했는데, 1학년이 끝날 때쯤에는 친구들에 둘러싸여 지낼 정도였어. 2학년에는 다른 반이 됐고, 서로 교류가 끊어졌어. 그해 5월에 오랜만에 마주쳤는데 다른 애들이랑 같이 가면서 나를 아는 척도 하지 않는 거 있지. 분명히 나랑 눈이 마주쳤는데 말이야. 그때 어찌나 배신감이 드는지……. 그 뒤로는 나도 아는 척을 안 했어."

내 얘기가 끝나자 재희가 몸을 뒤로 빼더니 피식 웃는다.

"귀여운 배신이네."

재희 웃음에 씁쓸함이 진하게 흐른다.

"그 정도는 배신도 아니지."

민새가 재희 의견에 동조하고 나선다.

나로서는 꽤 충격을 받은 사건인데 아무렇지 않게 여기니 조금 심통이 났다.

"지우개 하나 때문에 절교를 한 적도 있어."

나는 절교에 힘을 주어 심각한 얘기임을 강조한다.

지우개와 절교, 어울리지 않은 단어 조합에 친구들이 내 얘기에 다시 집중한다.

"어떤 친구에게 내 지우개를 빌려줬더니 토막을 내서 돌려주는 거야. 그러면 미안하다고 한마디는 해야 하잖아? 그런데 아무렇지 않게 생각하더라. 나는 심통이 났지만 지우개 하나로 다투긴 싫어서 그냥 넘어갔어. 얼마 뒤에 또다시 지우개를 빌려달라지 뭐야. 안 빌려주면 괜히 내가 속 좁은 애가 된 것 같아서 '이번엔 토막 내지 마' 하면서 빌려줬더니, 대꾸도 안 하고 마치 자기 지우개를 가져가듯이 확 채가

는 거야. 엄청 기분이 상했는데 지우개를 받고 보니 어떤지 아니? 지우
개가 심하게 난도질이 되어 있어서 지우개라고 할 수도 없는 쓰레기였
어. 내가 따졌지. 이게 뭐 하는 짓이냐고. 그랬더니 뭐라고 하는 줄 알
아? 내가 토막 내지 말라고 한 말에 기분이 상했다는 거야. 하도 어이
가 없어서 내가 잘잘못을 꼬치꼬치 따졌지. 그랬더니 또다시 사과는
안 하고 지우개 하나 갖고 유난을 떤다는 거야. 그러고는 천 원짜리를
휙 집어던졌어. 이걸로 지우개 사라면서. 어찌나 기분이 나쁘든지."

"그런 애랑은 절교해야지."

보배가 씩씩거린다.

"한별이랑 비슷한 일을 나도 겪었는데, 너보다 정도가 훨씬 심해."

보배가 자세를 고쳐 앉는다.

"나와 미나, 명혜는 중학교에서 만나 친해졌어."

보배는 담담한 어조로 자신이 겪은 이야기를 풀어놓는다.

보배가 겪은 일을 듣는데 하도 기가 막혀서 내가 당한 사건은 아무
렇지도 않게 느껴진다.

보배에 이어서 민새, 서아, 재희도 자신들이 겪은 사건을 들려주는
데, 모두 나로서는 상상도 못 할 수준이었다. 밤을 지새운 파자마파티
에서 우리는 아무에게도 털어놓지 못했던 비밀과 아픔을 나눈다.

이야기를 마치자 창밖이 환해지며 튼튼한 성벽이 그 모습을 드러
냈다.

1부

우정은 피자 조각처럼

돌아오지 않는 반지

- 이야기꾼 _ **정보배**
- 등장인물 _ **이미나, 최명혜**

　나와 미나, 명혜는 중학교에서 만나 친해졌다. 성격이나 취향이 서로 잘 맞아서 쉽게 가까워졌다. 같이 놀면 재밌고, 수다가 끊이지 않았다. 그러다 사소하지만 무시할 수 없는 문제가 생겼다. 친구끼리 야박하게 군다고 할까 봐 대놓고 따지지는 못했지만 엄청 불쾌한 일이었다.

　"샤프 좀 빌려줄래?"

　1교시 수업을 준비하는데 명혜가 불쑥 손을 내밀었다.

　"왜?"

　"필통을 안 챙겨 와서."

　"여기."

　나는 필통에서 손에 잡히는 대로 샤프를 꺼내서 빌려주었다.

달콤한 파자마파티, 비밀은 없다

"지우개도 필요하지 않아?"

"빌려주면 좋고."

때마침 필통에 지우개가 두 개 들어 있었다. 낡은 지우개와 포장을 막 뜯어서 새것인 지우개 중에 일부러 더 좋은 지우개를 빌려주었다. 그러고서 다른 날과 다를 바 없는 하루가 지나갔다. 가끔 재미있고, 길게 지루하고, 까불고 떠들면 신나는 그런 날이었다. 지나고 나면 기억조차 희미한 그런 날이었는데, 명혜가 잊지 못할 날로 만들어 버렸다.

수업을 다 마치고 명혜에게 갔다.

"샤프랑 지우개 돌려줘."

"아, 여기."

명혜는 책 아래에 가려졌던 지우개와 샤프를 내게 건넸다. 지우개 꼴이 아침에 건넬 때와 너무 달라서 처음에는 다른 지우개인 줄 알았다. 샤프 끝으로 얼마나 많이 찔러 댔는지 구멍이 수백 개는 넘었고, 뜯기고 찢긴 곳이 수십 군데였다. 그 작은 몸통을 찌르고 뜯고 잘라서 난도질을 해 놓았다. 지우개가 겪었을 고통이 훤히 보였다. 건넬 때는 왕자였으나 돌려받을 때는 거지였다. 거대한 재난을 당한 듯 찢기고 부서진 지우개는 곧 장례식을 치러야 할 신세가 되어 있었다.

짜증이 치밀었지만 참았다. 몇 백 원밖에 안 하는 지우개 하나였다. 괜히 문제 삼으면 우정을 지우개보다 못하게 취급하는 한심한 친구로 취급받을 것 같았기 때문이다. 아무 생각 없이 자기 지우개처럼 쓰다가 망가뜨린 거라고 스스로 명혜를 위한 변명을 만들어 내고 말았다.

안타깝게도 그 일은 그 정도로 끝나지 않았다. 저녁에 학원에서 수학 문제를 풀려고 필통에서 샤프를 꺼냈다. 명혜에게 빌려주었던 바로 그 샤프였다. 꼭지를 누르는데 샤프심이 나오지 않았다. 샤프심이 떨어졌나 싶어서 꼭지를 열고 샤프심을 채운 뒤에 다시 눌렀다. 그래도 여전히 나올 기미가 안 보였다. 결국 나는 샤프를 분해했다. 부러진 샤프심이 샤프 촉을 막았나 싶어서 구멍을 뚫으려고 핀으로 찔렀지만, 핀이 조금도 들어가지 않았다. 자세히 살펴보니 샤프 촉이 꽉 막혀 있었다. 이유는 모르겠지만 있는 힘을 다해 핀으로 찔러도 뚫리지 않았다. 그뿐 아니었다. 샤프심이 나올 때 잡아 주는 부위가 비틀려서 제대로 작동하지 않았다. 도대체 명혜가 샤프를 어떻게 썼기에 이 정도로 망가졌는지 이해가 안 됐다.

비싼 샤프는 아니지만 꽤 아끼는 샤프였기에 명혜에게 따져야겠다고 결심했다. 그러나 학원을 마칠 때쯤엔 지우개와 같은 이유로 따지지 않기로 했다. 일부러 망가뜨렸다면 모르겠지만 명혜가 그럴 리는 없다고 믿었다. 또다시 명혜를 위한 적당한 핑계를 나 스스로 만들어 내고 말았다. 나는 갈등보다는 평화가 좋았고, 이 정도 일로 친구와 얼굴을 붉히고 싶지는 않았다.

그러나 연이어 벌어진 불행한 사태는 그때 내가 한 결정이 적절했는지 의문을 품게 했다. 희생은 지우개와 샤프 하나로 끝나지 않았다. 그 뒤로 명혜는 툭하면 학용품을 빌려 갔는데, 예외 없이 망가뜨려서 돌려주었다. 도대체 물건을 어떻게 쓰기에 그리 망가지는지 궁금했지만 빌려주고 계속 감시할 수는 없는 노릇이었다.

학용품 파괴 사건에서 정점은 필통이었다. 내 필통은 일반적인 필통이 아니다. 오랫동안 기다려서 어렵게 샀다. 비싸서가 아니라 희귀품이었기 때문이다. 내가 좋아하는 캐릭터를 필통으로 만들었는데 내게는 보물이요 예술품이었다. 그래서 일부러 필통에 어울리는 필기구들을 따로 구입해서 채울 만큼 애정을 쏟았다. 필통을 처음 학교로 가져간 날에는 심장이 떨릴 지경이었다. 친구들과 놀기로 한 날보다, 급식으로 특별식이 나온다고 예고된 날보다 더 설렜다. 친구들한테도 조심스럽게 자랑을 했고, 다들 예쁘다며 부러워했다.

점심시간이었다. 화장실에 갔다가 옆 반 친구를 만나 한참 동안 수다를 떨다가 교실로 돌아왔다. 자리에 앉자마자 책상 서랍에 놔둔 필통을 소중한 보물처럼 조심스럽게 꺼냈다. 그런데 나는 책상에 올라온 필통을 보고 심장이 멎는 줄 알았다. 필통은 찢어지고, 안에 든 필기구는 절반이 박살나 있었다.

"이게 뭐야?"

벌떡 일어났다.

"누가 그랬어?"

소리를 질렀다.

주변에 있던 애들 시선이 한쪽을 향했다. 그곳에는 명혜가 있었다. 그 순간에는 친구고 뭐고 없었다. 나는 화가 났고, 무섭게 명혜를 노려봤다.

명혜가 머리를 긁적이더니 잔뜩 미안한 표정을 지었다.

"미안해. 잠깐 구경하려고 했는데……."

자세한 상황 설명은 듣고 싶지 않았다. 대충 어떤 일이 일어났을지 눈에 훤했다. 나는 이마를 짚으며 털썩 주저앉았다. 그 순간, 진심으로 절교하고 싶었다. 그때 절교를 해야만 했다. 그랬다면 더 큰 피해를 막았을 텐데, 갈등하기보다는 평화롭게 지내는 게 낫다는 신념이 결심을 굳히지 못하게 막았고, 그 바람에 더 큰 손해를 보고 말았다.

내 필통이 망가진 뒤로 학교에는 학용품을 거의 가져가지 않았다. 들고 가는 학용품은 싸구려라 마구잡이로 던지고 밟아도 괜찮았다. 학용품을 살 때는 싸고 튼튼한 걸로 골랐다. 비싸고 좋은 학용품은 집에서만 사용했다. 명혜에게 웬만하면 빌려주지 않았고, 빌려줄 때는 온전하게 돌려받을 기대는 하지 않았다. 한동안 학용품을 망가뜨리던 명혜는 어느 순간부터 빌려 간 물건을 자꾸 잃어버렸다. 그전에는 그나마 돌려받기라도 했는데 아예 잃어버리니 기가 막혔다. 나는 어느 하나에 집중하면 다른 일은 까맣게 잊어 버리는 경향이 있다. 나이도 어린데 건망증이 왜 그리 심하냐는 핀잔을 엄마에게 자주 듣는다. 그러던 내가 명혜 덕분에 빌려준 물건을 꼬박꼬박 기억하는 습관이 생겼다. 워낙 자주 잃어버려서 내 기억력은 비상하게 좋아졌다. 명혜와 지내면서 유일하게 나아진 점이 있다면 상대를 믿지 못해 아주 꼼꼼하게 빌려준 물건을 기억하는 습관이 생겼다는 것이다. 그러다 평화주의자인 나조차 도저히 참지 못할 사건이 벌어졌다.

달콤한 파자마파티, 비밀은 없다

내가 좋아하는 캐릭터가 그려진 한정판 반소매 옷을 힘들게 구했다. 워낙 힘들게 구하고 소중하게 여겼기에 특별한 날에 입으려고 아껴 두었다. 어느 날 명혜가 미나와 함께 우리 집에 놀러 왔다. 재미나게 놀다가 내가 옷 자랑을 했다. 명혜는 과장되게 감탄을 하더니 갑자기 나에게 옷을 빌려 달라고 했다. 당연히 단칼에 거절했다.

"좀 빌려줘."

"안 돼."

"내일, 초등학교 동창들을 만나서 놀기로 했단 말이야."

"안 빌려줘."

"내일 동창 모임에 내가 좋아했던 남자애도 나와."

"성준이? 그래도 안 돼."

"그래 성준이. 성준이가 저 캐릭터 엄청나게 좋아해."

"네가 뭐라고 해도 절대 안 돼."

"보배야. 제발!"

"절대, 절대, 절대, 안 돼!"

내 결심은 확고했다. 필통보다 훨씬 귀한 옷을 명혜에게 빌려주기는 죽기보다 싫었다. 명혜가 내게 서운해한다고 해도 어쩔 수 없었다. 그때만큼은 평화롭지 못한 상태가 되어도 감당하겠다고 단단히 마음먹었다.

내가 강하게 철벽을 쳤음에도 명혜는 포기하지 않고 졸랐다. 그러나 명혜가 아무리 집요하게 달라붙고, 별의별 방법으로 동정심을 유발해도 내 결심은 바뀌지 않았다.

"그럼 저 옷은?"

갑자기 명혜가 과녁을 틀었다.

작년에 샀는데 역시 같은 캐릭터가 그려진 옷이었다. 새로 구한 옷에는 미치지 못하지만 그래도 힘들게 구한 옷이었다. 아끼느라 나도 세 번밖에 입지 않았기에 빌려주기 싫었다. 그렇지만 새 옷을 빌려주지 않겠다고 워낙 강하게 방어를 했기에 그 옷마저 빌려주지 않겠다고 하면 조금 야박해 보일 듯했다. 명혜가 성준이를 얼마나 좋아했는지 알기에 도와주고 싶은 마음도 있었다. 마음이 약해졌다. 싫었지만 어쩔 수 없이, 그 옷을 빌려주고 말았다.

명혜가 옷을 빌려 간 조금 뒤에 미나에게서 문자가 왔다.

💬 괜찮겠어?

💭 뭐가?

💬 옷 빌려준 거.

💭 별일 있겠어.

💬 망가지면 어쩌려고?

💭 성준이 만나잖아. 그 앞에서는 잘 보이려고 조심하겠지.

💬 그 버릇이 어디 갈까?

💭 너도 당한 적 있어?

💬 뒷담은 싫어.

💬　그래. 그렇지.

더 자세한 얘기는 이어지지 않았지만, 미나와 문자를 한 다음에는 더 불안해졌다. 그 불안감 때문에 일요일 내내 공부도 안 되고, 가장 좋아하는 게임을 해도 즐겁지 않았다. 귀한 보물을 철부지 어린 아이에게 맡긴 듯했다. 저녁이 되자 명혜에게 문자를 보낼지 말지를 두고 수십 번 고민했다. 오늘 성준이와는 잘되었는지 자연스럽게 물어보면서 옷이 괜찮은지 확인하려고 세밀한 작전까지 세웠지만, 속이 훤히 드러나는 짓이라 결국 그만두었다.

월요일 아침, 학교에서 명혜를 만나자마자 어제 일을 물었다. 자연스럽게 옷 이야기를 꺼내려고 성준이를 화제로 삼았다. 그러나 첫 말이 나오기 무섭게 예상치 않은 반응이 나왔다.

"환상이 팍 깨졌어."

"왜? 성준이가 어때서?"

"작년에는 그렇게 멋져 보였는데, 막상 다시 보니 별로였어."

"실망이 컸겠네."

"실망은 무슨, 그냥 신나게 놀았지."

"그래. 재밌게 놀았으니…."

성준이를 고리로 해서 자연스럽게 옷으로 화제를 넘기려던 내 작전은 실패하고 말았다. 옷 이야기는 꺼내지도 못한 채 얘기가 끝나고 말았다. 오후에 다시 말하겠다고 마음먹었다가 깜박 잊고 학원 숙제를 안 한 것 때문에 정신이 없어서 계획대로 못 했다. 밤에는 학원을 끝마치고 돌아와서 문자로 옷 얘기를 꺼냈다. 명혜는 내일 바로 가져다주겠다고 했다.

그러나 다음 날에도 명혜는 옷을 가져오지 않았다. 옷은 어떻게 됐냐고 물었더니 깜박 잊었다고 했다. 그런 일이 며칠이나 반복되었다. 금요일이 되자 마침내 나는 참지 못하고 강하게 다그쳤다.

"빌려 갔으면 돌려줘야지. 뭐야? 아예 안 돌려줄 생각이야?"

"그냥 깜빡했어."

"깜빡하는 것도 하루 이틀이지, 이게 뭐 하는 짓이야?"

"아, 알았어."

평화주의자인 나답지 않게 세게 몰아붙였다. 평소와 다른 내 반응에 당황했는지 그날 저녁 명혜가 옷을 돌려주었다. 옷을 건네면서 명혜는 몹시 미안한 표정을 지었다. 친구인데 괜히 세게 다그쳤나 싶어서 마음이 편치 않았다. 나중에 떡볶이라도 사 주면서 사과해야겠다는 생각까지 했다. 그러나 옷 상태를 확인한 뒤에는 그런 미안함은 깨끗이 사라졌다.

옷은 엉망이었다. 목덜미는 일주일도 지나지 않았는데 너덜너덜하게 늘어났고, 곳곳에는 김칫국물이 잔뜩 묻은 채 냄새를 풍겼으며, 옷 뒷면엔 매직펜으로 길게 그은 선이 옷을 반으로 쪼개고 있었다.

"너, 이게, 어찌 된 거야?"

나는 욕이 나오려는 걸 참으며 물었다.

달콤한 파자마파티, 비밀은 없다

"그게, 집에서 그냥 편하게 입어서 그래."

명혜는 아무렇지 않게 대답했다. 표정이나 말투에서 미안한 감정은 티끌만큼도 풍기지 않았다.

"이걸 집에서, 생활복으로 입었다고?"

"옷이 편하고 좋아서."

나는 어이가 없어서 미칠 지경인데, 명혜는 그게 뭐 어떠냐는 투였다.

"이 등에 그어진 줄은 뭐야?"

"아! 그건… 동생 녀석이 나랑 다툰 뒤에 화가 난다고 내 등에다 쭉 그어 버렸어."

"빌린 옷이라고 동생한테 말 안 했어?"

"그런 걸 왜 말해. 그냥 내가 한 대 패 줬어."

명혜는 자신이 훌륭한 조처를 했다는 듯이 어깨를 으쓱했다.

"김칫국물은… 목이 늘어난 건……."

"그건 나도 모르겠어. 입다 보니 그렇게 됐어."

더 따지고 말고 할 게 없었다. 미안함조차 느끼지 못하는 명혜에게 내 분노와 짜증을 이해시키기는 불가능했다. 명혜는 기본이 안 된 친구였다. 다른 사람 감정이나 기분 따위는 아랑곳하지 않고 자기 생각만 하는 이기주의자였다. 나 같은 평화주의자는 명혜에게 이용당하기 딱 좋았다. 친구 관계를 계속 이어나가도 될지 망설여졌다.

혼자 고민해도 결론이 나지 않았다. 나는 조심스럽게 미나에게 내 고민을 털어놓았다. 다른 친구 험담을 뒤에서 하면 안 된다고 철석같이 믿는 나였지만, 그때는 다른 방법이 없었다. 내가 명혜에게 당한 일을 쭉 들은 미나는 한숨을 길게 내쉬었다.

"나만 그런 게 아니구나."

"설마 너도?"

"너 못지않아. 나도 이걸 너한테 털어놓을지 말지 오랫동안 고민했는데……."

그러면서 미나는 나에게 자신이 겪은 일을 들려주었다. 듣는 내내 속이 답답했다. 내가 겪은 일과 판박이였다. 어떤 면에서는 나보다 더 심했다.

"……명혜와 내가 같은 학원에 다니잖아. 한번은 휴대전화를 빌려 가는 거야. 데이터를 다 썼는데 웹툰을 볼 게 있다면서. 그래서 빌려줬지. 잠깐 보고 돌려주겠다고 했으니까. 정말 잠깐이었어. 그런데 휴대전화 액정이 깨져 있는 거야. 얼마나 황당하던지. 이게 어떻게 된 거냐고 따졌더니 실수로 바닥에 떨어뜨렸대. 쉽게 깨지는 액정이 아닌데 도대체 뭘 어떻게 했기에 그 잠깐 사이에 액정을 박살 내 버렸는지 불가사의였어. 난 너랑 다르게 막 따졌어. 그랬더니 실수로 깨뜨린 건데 왜 그러냐면서 도리어 화를 내는 거 있지. 방귀 뀐 놈이 성낸다는 속담이 딱 맞았어. 산 지 얼마 되지도 않은 휴대전화 액정을 깨뜨렸다고 엄마한테 얼마나 야단을 맞았는지 몰라. 차마 명혜에게 빌려주었다가 깨먹었단 말도 못 했어."

미나 입술이 부르르 떨렸다. 그때 일이 얼마나 미나를 억울하고 화가 나게 했는지 알 만했다.

"명혜가 네 반소매 옷을 망가뜨렸지? 네가 빌려주려고 할 때 내가 이미 당해서 말리려고 했는데……. 나는 바지를 빌려줬다가 걸레로 돌려받았어. 엄마를 졸라서 힘들게 백화점에서 산 비싼 옷이었어. 할머니 생신 잔치에 갈 때 잘 보이려고 딱 한 번 입었던 옷이야. 그 옷을 입지 않으면 안 될 것처럼 명혜가 하도 졸라 대서 마지못해 빌려줬더니, 너랑 마찬가지로 일주일 뒤에 돌려주었는데, 하…… 그때를 생각하면 지금도 화가 나. 그건 정말 걸레나 다름없었어. 왜 이렇게 됐냐고 물었더니 대답이 너한테 했던 거랑 똑같았어. 편해서 생활복으로 입었대. 미치지 않고서야 어떻게 그 비싼 옷을 빌려서 생활복으로 입을 수가 있냐고. 그리고 생활복으로 입었다고 해도 어떻게 그렇게 망가뜨려. 공사장에 나가서 일하지 않는 한 그러기 힘들 거야. 내가 화를 냈더니 그때는 조금 미안한 척하더니… 내가 보상 얘기를 꺼내니까 질색을 하면서 따지는 거야. 내가 이게 얼마나 비싼 바지인지 아냐고 따졌더니 그렇게 비싸면 왜 빌려줬냐면서 내 잘못으로 돌리는 거 있지."

우리는 피해자로서 울분을 공유했다. 결론은 어렵지 않게 나왔다. 더는 명혜와 친구로 지낼 수 없었다. 말해도 고쳐질 습관이 아니었다. 이제껏 입은 피해도 감당하기 어려운데 또다시 비슷한 일을 겪으면 크게 싸울 게 확실했다. 친구 물건을 아무렇지 않게 다뤄서 망가뜨려 놓고, 미안해할 줄도 모르는 인성을 지닌 사람과는 친구가 될 수 없다.

우리는 합심해서 명혜와 맺은 관계를 단호히 끊었다. 나 혼자라면 쉽지 않았겠지만, 미나는 눈치보지 않고 칼을 휘둘렀다. 명혜는 잠깐 사과하는 척도 하고, 따지기도 했지만, 다시 친구로 돌아갈 가능성이 전혀 없다는 사실이 확실해지자 더는 집적대지 않았다. 절교를 했지만 1학년이 끝날 때까지 같은 반에서 얼굴을 보고 생활해야 했기에 계속 마음이 쓰였다. 그러나 나와 달리 명혜는 아무렇지 않게 다른 친구들과 친해졌고, 나에게는 전혀 관심을 두지 않았다. 명혜가 그리 나오니 나도 마음을 정리하기 편했다.

그해 겨울에 엄마가 심하게 아팠다. 언제나 건강하고 씩씩하게 나를 지켜줄 줄 알았던 엄마가 병실에 힘겹게 누워서 지내는 모습을 보니 가슴이 아팠다. 나는 틈만 나면 병실을 지키며 엄마가 빨리 건강을 되찾기를 기원했다. 다행히 엄마는 치료를 받고 40일 만에 무사히 퇴원했고, 다시 건강한 모습으로 돌아왔다. 퇴원하고 며칠 뒤 엄마는 나와 함께 소박한 반지를 맞췄다. 같은 반지를 나눠 끼고 손을 나란히 한 채 엄마가 반지에 담긴 의미를 설명해 주었다.

"이 반지는 우리 소중한 딸과 오래도록 건강하게 지내기로 엄마 스스로 약속하는 의미로 맞춘 거야."

엄마는 투병 생활을 하면서 건강관리를 제대로 못 한 자신을 깊이 반성했다고 했다. 또한 성실하게 병간호하는 내가 무척 고마웠고, 딸을 잘 키웠다는 생각에 뿌듯했다고 했다.

"반지를 보면서 그 다짐을 잊지 않으려고 해. 앞으로 엄마는 몸 관리도 열심히 하고, 우리 딸과도 더 행복하게 지낼 거야."

나는 엄마 말에 무척 감동했다. 그 뒤로 나는 그 반지를 늘 끼고 다녔다. 웬만하면 손에서 빼지 않았고, 반지를 볼 때마다 엄마가 내게 선물한 감동을 떠올렸다. 반지는 엄마와 나를 단단히 이어 주는 고리였고, 엄마 기대에 부응하는 딸이 되어야겠다는 결심을 다지게 해 주는 자극제였다.

2학년에도 미나는 나와 다른 반이었다. 방학 중에는 내가 엄마와 함께 보내야 했기에 서로 문자만 주고받을 뿐 직접 만나지 못했다. 개학하는 첫날 점심시간에 미나가 우리 반으로 놀러 왔다. 오랜만에 미나와 마음껏 시끄럽게 수다를 나누니 기분이 상쾌하고 즐거웠다.

"못 보던 반지네!"

점심시간이 거의 끝나갈 때쯤 미나가 내 반지를 발견했다.

"응. 엄마랑 같이 맞췄어."

"엄마랑 반지를 왜 같이 맞춰?"

나는 미나에게 엄마와 반지를 어떻게 맞추게 되었는지를 이야기해 주었다. 미나도 우리 엄마가 병원에 입원했다는 사실을 알았기에 내 말에 조금 감동받은 듯했다.

"부럽다! 내가 끼워 봐도 돼?"

내가 오랜만에 미나를 만나서 들뜬 상태가 아니었다면 반지를 손에서 빼지 않았을 것이다. 다른 반지도 아니고 엄마가 해 준 의미있는 반지였기에 함부로 뺄 생각은 전혀 없었다. 그러나 내가 살짝 흥이 오르기도 했고, 미나가 워낙 부러워해서 반지를 빼 주고 말았다. 반지는 미나 손가락에 쏙 들어갔다.

"나한테는 살짝 크네."

미나는 반지를 살짝살짝 돌려보더니 묘한 표정으로 반지를 뚫어져라 봤다. 오랫동안 미나를 만나 왔지만 그런 기묘한 표정은 무척 낯설었다. 부러움, 감탄, 그리고 질투와 시샘이 뒤엉킨 복잡한 표정이었다. 미나는 반지를 한참 어루만지더니 다시 뺄 듯한 동작을 취했다. 나는 반지를 건네받으려고 손을 내밀었다. 그때였다.

"야, 정보배!"

임시 부회장이 나를 불렀다.

"음악 선생님이 오늘 방과 후에 음악실로 오래."

"나를 왜?"

"그건 나도 모르지."

음악 선생님이 나를 찾는 까닭을 궁리하다가 내 건망증이 또다시 도졌다. 부적절한 순간에 찾아온 불청객이었다.

"음악 선생님이 나를 왜 찾지?"

혼잣말인지 미나에게 한 물음인지 나도 구분하지 못할 말이었다.

"피아노 반주 부탁하려는 거 아닐까?"

"나를 반주자로 한다고?"

"너 작년에 피아노 잘 친다고 음악 선생님한테 엄청 칭찬 받았잖아."

"그런가?"

그때 5교시를 알리는 종이 울렸고, 미나는 화들짝 놀라며 우리 반 교실을 빠져나갔다. 나는 수업에 집중하느라 미나가 반지를 그대로 가져간 걸 까맣게 잊어 버렸다. 6교시 수업이 끝날 때쯤에야 미나가 반지를 그대로 끼고 간 걸 기억했지만, 음악 선생님에게 가느라 미나에게 반지를 건네받으러 갈 시간이 없었다.

음악 선생님이 나를 찾은 까닭은 미나가 짐작한 것뿐 아니라 몇 가지 더 있었다. 음악 선생님과 대화가 길어졌고, 학원에 갈 시간이 가까워져서 미나에게 따로 연락할 틈이 없었다. 빽빽한 학원 일정을 다 소화하고, 집에 돌아오니 10시 30분이었다. 씻고 숙제하니 12시가 훌쩍 넘었다. 그때서야 문자로 미나에게 연락을 했다.

🗨 너 내 반지 그대로 끼고 갔지?

💬 그러게. 깜빡하고 끼고 왔네.

🗨 내일 꼭 가져 와.

💬 알았어. 가져갈게.

문자로 반지에 대해 나눈 대화는 그게 다였다. 그 뒤로는 이런저런 별 의미 없는 이야기를 길게 나누었다. 나는 당연히 그다음 날이 되면 미나가 반지를 가져올 줄 알았다. 그러나 사건은 내 기대와는 정반대로 흘러갔다.

내가 반지를 받으려고 적극 나서는 날에는 미나가 반지를 깜박 잊고 안 가져오고, 미나가 반지를 챙겨 온 날에는 내가 깜박해서 챙기러 가지 못했다. 미나가 가져오고 나도 깜박하지 않은 날에는 때마침 선생님이 불러서 만나지 못하기도 했다. 공교롭게도 반지를 받지 못하게 되는 사정은 계속 생겼다. 그러다 시험 기간이 다가왔고 중학교 첫 시험을 본다는 압박감에 짓눌려 반지를 돌려받을 정신이 없었다.

시험이 끝나고 반지를 돌려받으려고 하는데 그때부터 미나가 학교에 잘 나오지 않았다. 여러 번 물었지만 미나는 자세한 사정을 나에게 털어놓지 않았다. 집안에 무슨 사정이 있는 것 같아서 반지를 돌려 달라고 재촉할 수가 없었다. 점점 미나는 학교에 나오는 날과 안 나오는 날이 불규칙해져 갔다. 알 만한 애들한테 물어봤지만 정확한 사연을 아는 사람은 없었다.

한동안 나왔다 안 나왔다를 반복하던 미나는 기말고사가 다가오자 빠지지 않고 계속 학교에 나왔다. 나는 기회를 봐서 다시 반지 얘기를 꺼냈다.

🗨 야야야!!!

💬 왜왜왜???

🗨 내 반지, 어떻게 됐어?

💬 아, 참! 내가 말한다는 게 깜박했네.

🗨 설마, 잃어버린 거야?

달콤한 파자마파티, 비밀은 없다

🗨 그게 아니고. 오늘 학교 갈 때 챙겨 갔어.

🗨 정말?

🗨 아 근데, 너한테 주려던 걸 깜빡하고 그냥 사물함에 두고 왔어

🗨 잘됐네. 그럼 내일 나한테 주라.

🗨 내가 너희 반으로 가져다줄까?

🗨 아니야. 내가 너희 반으로 갈게.

🗨 앙. 알았어.

약속과 달리 미나는 그다음 날 학교에 나오지 않았다. 4교시가 끝나자마자 미나에게 문자를 보냈다.

🗨 미나야. 너 학교 안 왔어?

🗨 할아버지 병문안 갔다가 할머니랑 점심 먹으러 가는 중.

🗨 할아버지 병문안 때문에 학교에 안 온 거야? 오늘 온다며?

🗨 갑자기 그렇게 됐어.

🗨 오후에 올 거야?

🗨 모르겠어. 밥 먹고 갈 수도 있고, 아닐 수도 있고.

그날, 미나는 학교에 오지 않았다.

저녁에 미나 SNS를 보니 오랜만에 사진 한 장이 올라와 있었다. 침대에 누워 손가락으로 V자를 그린 사진이었다. 손가락을 자세히 보니

반지가 보였다. 내 반지와 비슷해 보였다. 나는 사진을 내려받은 뒤 미나한테 전송했다. 그러고는 곧바로 질문을 던졌다.

- 🗨 야, 이 사진 속 반지, 내 거 아니야?
- 🗨 네 거 아닌데.
- 🗨 정말이야? 비슷해 보이는데?
- 🗨 아니라고. 내 거야.

미나는 짜증과 분노를 표현하는 그림말(이모티콘)을 거듭해서 보냈다. 미나는 자기 분노를 그렇게 표현했고, 나는 미나 심기를 건드리지 않기 위해 오해해서 미안하다고 거듭 사과한 뒤에 조심스럽게 물었다.

- 🗨 내 반지, 네 사물함에 있는 거 맞아?
- 🗨 맞다고 했잖아.
- 🗨 너 방학까지 학교 안 나온다고 하던데
- 🗨 누가 그래?
- 🗨 그냥 소문으로 들었어.
- 🗨 나 아예 안 나가는 거 아니야.
- 🗨 내가 잘못 알았나 보네. 그럼 학교에 언제 와?
- 🗨 그건 나도 몰라.
- 🗨 그럼 내가 네 사물함에 가서 가져갈게. 네 사물함 번호 알려 줘.

달콤한 파자마파티, 비밀은 없다

💬 우리 반 사물함에는 번호가 없어.

💬 위치가 어딘지는 알려 줄 수 있잖아?

💬 내일 학교에 갈 테니까 우리 반으로 와. 찾아 줄게.

찾아 준다는 말이 부쩍 의심스러웠다. 사물함에 반지가 있다는 말이 사실이라면 얼마든지 돌려줄 방법은 있었다. 다른 친구에게 부탁해도 되고, 나한테 위치를 알려 주면 간단하게 끝난다. 그동안 보였던 태도를 고려할 때 의심할 수밖에 없었다.

💬 찾아 준다니… 설마 잃어버린 건 아니지?

💬 안 잃어버렸어. 괜히 의심하지 마.

미나는 또다시 짜증과 분노를 표현하는 그림말을 쏟아냈다. 뭐라고 대꾸를 하려다 꾹 참았다.

💬 미안. 오랫동안 못 돌려받아서 내가 좀 예민했어.

💬 내가 일부러 안 돌려준 거 아니잖아?

💬 … 그래 … 그렇긴 하지 … .

💬 혹시라도 없으면 내가 사 줄게.

💬 그거 엄마랑 특별히 맞춘 거야. 다른 걸로 대체할 수 없는 반지야.

💬 잃어버렸다는 거 아니잖아. 네가 하도 다그치니까 혹시 몰라서 하는 말이지.

💬 네 말 믿을게. 미안해.

🗨 괜찮아.

💬 난 혹시나 해서 하는 말이었어.

🗨 누가 내 사물함에서 훔쳐 가지 않으면 그대로 있을 거야.

💬 그럼 다행이고. 내일 보자.

미나는 약속과 달리 그다음 날에도 학교에 오지 않았다. 나는 이제 미나 말을 믿을 수 없었다. 피해자는 나인데 자기가 더 오해받는 척하는 꼴이 몹시 거슬렸다. 수십 번이나 약속을 어기고도 잘못했다는 말 한마디 않는 뻔뻔함이 싫었다. 그러면서 명혜와 있었던 일이 떠올랐다. 나와 미나는 명혜에게 똑같이 당했다. 친구 물건을 가져가서 함부로 훼손하고, 잃어버린 뒤에도 미안하단 말을 하지 않는 명혜를 보며 둘 다 얼마나 분노했던가? 자기도 당해 봐서 그 기분이 어떤지 잘 알면서 이렇게 뻔뻔하게 나오다니, 어떤 면에서는 명혜보다 더 나쁜 태도였다. 명혜야 모르고 그랬지만 미나는 모든 걸 알고도 이런 식으로 행동했기 때문이다. 무엇보다 내게 그 반지가 얼마나 소중한지 알면서도 돌려주려는 노력을 전혀 하지 않는 태도는 실망을 넘어 분노를 일으켰다.

🗨 계속 재촉해서 미안한데, 너 정말 학교에 언제 와?

💬 나도 모르겠어.

달콤한 과자마파티, 비밀은 없다

🗨 사물함 위치 알려 주면 안 돼?

💬 우리 반 수현이 알지?

🗨 몇 번 봤지.

💬 수현이랑 이번 주에 만나기로 했는데, 그때 수현이 통해서 전해 줄게.

역시, 약속은 지켜지지 않았다.

🗨 미나야, 자꾸 반지 얘기해서 미안한데, 너한테 정말 반지 있는 거니?

💬 사물함 비우고 챙겨 온 짐에 반지 있어.

🗨 뭐야? 학교에 왔다 간 거야?

💬 응. 어제 갔다 왔어.

🗨 그런데 날 안 보고 간 거야?

💬 그냥 급하게 다녀오다 보니.

🗨 사물함은 왜 싹 비운 거야?

💬 전학 갈지도 모른다고 해서.

🗨 전학?

전학이라니, 마른하늘에 날벼락 같은 소식이었다. 이대로 전학을 가면 나는 영영 반지를 돌려받지 못하게 된다. 마음이 다급했다.

🗨 확실한 건 아니야. 엄마가 그럴지도 모른다고 해서.

💬 반지는 확실히 있는 거지?

🗨 넌, 친구가 전학 갈지도 모른다고 하는데 반지 걱정만 하는 거니?

💬 미… 미안해.

그 뒤로도 몇 번 독촉도 하고, 약속도 잡았지만, 반지는 여전히 내 손으로 돌아오지 못했다. 기말고사가 끝나고 나는 끓어오르는 화를 주체하지 못해 미나 집으로 쳐들어가기로 했다. 더는 참을 수 없었다. 정 안 되면 미나 엄마한테까지 알릴 각오도 했다. 전학과 곧 다가오는 방학은 나를 급하게 만들었다.

미나가 집에 있다는 정보를 확인하고, 미나 집으로 쳐들어가려고 하는 날이었다. 미나와 가깝게 지내는 동재가 날 찾아왔다.

"반지 얘긴데…, 그거 빌려 온 첫날 잃어버렸대."

큰 충격을 받아야 하는 소식인데 어찌 된 일인지 별로 화가 나지 않았다. 그동안 스스로 받아들이지 않았을 뿐 이미 그러리라고 짐작했기 때문이다. 충분히 예상한 상황이었기에 나는 차분하게 물었다.

"그걸 왜 미나가 너를 통해 알리는 건데?"

"걔네 집 상황도 안 좋고, 너 얼굴을 볼 체면도 없대."

동재는 미나가 얼마나 불쌍한지 생생하게 표현하려고 노력했다. 불쌍한 척하라고 미나가 시켰냐고 물어보려다 참았다.

"그럼 잃어버린 날 바로 솔직하게 말하지, 그동안은 왜 그렇게 속였대?"

"어떻게든 찾아보려고 했던 거지."

이것저것 따지고 화도 내고 싶었지만, 대리인인 동재한테 그래 봤자 무슨 소용인가 싶어 그만두었다. 동재를 보내고 나서 미나한테 문자를 보냈다.

> 💬 너, 반지 잃어버렸다면서?
> 💬 미… 안… 해.

뒤이어 고개를 숙이고, 불쌍한 척하는 그림말이 쏟아졌다. 직접 말로 하지 않고 그림말 뒤에 숨는 꼴이 역겨웠다.

> 💬 그래서 어떻게 할 거야?
> 💬 보상… 해야 하니?
> 💬 그럼, 그냥 넘어갈 생각이었어?
> 💬 그게, 넌 모르겠지만 우리 집 사정이…….

미나는 자기 가족이 얼마나 불쌍한 상황인지 한참 과장한 뒤에, 내가 연민과 동정을 품지 않으면 못된 이기주의자가 될 수밖에 없다는 인식을 주려고 했다. 숨은 의도가 빤히 보이는 짓이었다. 확 다 까발리며 몰아붙이려다, 그래 봤자 뭐 하나 싶어서 칼을 품은 글귀를 그냥 지워 버렸다. 그 대신 최대한 정제된 글귀로 내 생각을 전했다.

> 값을 매기지 못할 추억이 깃든 반지야.

> 아… 알아.

> 네가 똑같은 반지를 사 줘도 제대로 된 보상이 아니야.

> 미…안…해.

> 어떡할래?

> 내가 어떻게든 돈을 모아서 같은 걸로 사 줄게.

나는 미나가 한 약속을 믿지 않았다. 이제껏 한 수많은 약속을 숱하게 깬 미나가 새로운 약속을 지킬 리 없었다. 그렇다고 미나 엄마한테 고자질해서 미나를 곤란하게 만들고 싶지도 않았다. 어쨌든 미나 집안 사정이 좋아 보이진 않았기 때문이다. 나는 결국 엄마에게 사실대로 털어놓았다. 엄마도 미나 엄마한테 알리지 말라고 했다. 미나한테 잃어버린 반지를 보상받을 생각도 하지 말라고 했다. 괜히 마음고생만 심해진다면서.

엄마는 여름방학이 되면 다시 같은 반지로 맞춰 주겠다고 했다. 그렇게 나는 잃어버린 반지를 마음에서 떠나보냈다. 미나에 대한 원망도 지웠다. 다만 미나와 다시는 가깝게 지내고 싶지 않았기에 인연을 끊기로 단단히 결심했다.

그렇게 평화를 되찾았는데 우연히 본 사진 한 장이 내 속을 뒤집어 놓았다. 미나와 SNS 친구 관계도 정리하려다 미나가 올린 사진을 보았다. 책상에서 공부하는 척하는 사진이었다. 누가 봐도 공부하는 척 가짜로 설정한 사진이었다. 이제 인연을 끊을 사이지만, 지난날 미나가 보였던 허세가 생각나 피식 웃음이 나왔다. 그러다 책상 귀퉁이에서 동그란 물건을 발견했다. 혹시나 하면서 사진을 확대했다.

"이건, 내 반지잖아."

내가 잘못 보았나 싶어서 확인하고 또 확인했다. 분명히 잃어버렸다던 내 반지였다. 사진을 올린 날짜를 확인했다. 바로 어제였다. 사진을 샅샅이 뒤지며 실제 사진을 찍은 날을 추론할 만한 정보도 수집했다. 귀퉁이에 달력이 보였고, 달력은 7월이었다. 더구나 기말고사 공부를 한다면서 세운 계획표도 보였다. 더 확인하고 말 것도 없었다. 나는 재빨리 사진을 내려받았다. 혹시라도 미나가 지워 버릴 수도 있기 때문이다.

나는 사진을 들고 엄마에게 갔다. 내가 다른 반지를 내 반지라고 착각할 수도 있기 때문이다. 그러나 엄마는 사진을 보자마자 나와 엄마가 같이 맞춘 반지라고 확인해 주었다. 엄마가 특별히 주문해서 만든 반지라 그 특징이 명확했기 때문이다.

나는 미나 친구인 동재에게 연락했다. 내가 보낸 사진을 본 동재는 황당해하더니 내게 거듭 사과했다.

"미안해. 나는 미나가 잃어버렸다고 해서 정말 그런 줄 알고. 미안해."

"너는 몰랐어?"

"내가 알았으면 미쳤다고 그렇게 했겠냐? 미나가 직접 얼굴 보고 얘기하기 미안하다고 해서 내가 대신 나섰을 뿐이야."

나는 동재 말을 믿기로 했다. 물론 진실이 무엇인지는 알 방법이 없었다. 동재 말을 순순히 믿지 못하고 의심부터 하는 나 자신이 싫었지만 어쩔 수 없었다.

"부탁이 있어."

"그래. 뭐든 내가 들어줄 수 있으면 들어줄게."

"나는 다시 미나와 반지를 두고 줄다리기를 하고 싶지 않아. 더는 미나를 믿지도 못하겠고."

"그 마음 이해해."

"그러니까 네가 미나한테서 내 반지를 찾아다 주면 좋겠어."

"알았어. 내가 잘못 끼어들어서 일이 꼬였으니까 내가 해결할게."

동재는 제법 책임감 있는 태도를 보였다. 과연 '그 약속을 믿어도 되겠니?' 하고 되묻고 싶은 충동이 일었다. 미나가 내게 새긴 불신은 내 생각보다 훨씬 깊은 듯했다.

"혹시 미나가 이런저런 핑계를 대고 돌려주지 않거나 잡아떼면, 우리 엄마가 직접 나설 거라고 알려 줘."

"그렇게."

"미나 엄마한테도 알리고, 경찰에도 알려 버릴 거라고."

"아…알았…어."

"허세가 아니야. 나 정말 화가 많이 났어. 우리 엄마도 그렇고. 그 반지가 어떤 반지인데, 그딴 거짓말로 나를 그렇게 오래 속이다니……."

"미…미안…해."

"더는 말 섞고 싶지 않아. 네가 반지 찾아서 먼저 연락해. 방학이 될 때까지 안 돌려주면 각오하라고 전해."

나는 동재 대답을 듣지도 않고 전화를 끊었다. 살아오면서 다른 사람에게 그렇게 모진 말을 쏟아 낸 건 처음이었다. 내 입에서 나오는 말에 나도 놀랄 정도였다. 평화롭게 지내길 좋아하고, 싫은 소리는 웬만하면 안 하고, 항상 친절하게 대해 왔던 나였는데, 미나로 인해 내 영혼에 얼룩이 생긴 듯해서 기분이 더러웠다.

반지는 결국 돌려받았다. 반지를 돌려주며 동재는 미나가 처한 사정을 제법 자세히 설명해 주었다.

"반지가 탐이 났대. 솔직히 자기도 처음에는 왜 그런지 몰랐는데, 지나고 보니까 너랑 너희 엄마 사이가 부러워서 그랬다는 걸 깨달았다고 해. 나도 미나 사정은 잘 모르지만, 대충 들어 보면 미나와 엄마 사이가 꽤 안 좋았나 봐. 지금도 마찬가지고. 엄마랑 싸우고 며칠씩 가출도 하고, 그 때문에 학교도 안 나온 거야. 엄마와 갈등이 심해질수록 너한테 반지를 돌려주기 싫었대. 엄마와 자매처럼 친하게 지내는 너에 대한 질투심이겠지. 어떤 면에서는 네 반지를 끼고 있으면 자기 엄마도 너희 엄마처럼 좋은 엄마가 될 거 같았나 봐. 물론 말도 안 되지만 미나는 그렇게라도 믿고 싶었대."

사정을 알고 나니 미나가 조금은 이해가 되었다. 그러나 용서할 수는 없었다. 나를 친구로 여겼다면 아무리 사정이 있다 해도 나한테 그러면 안 되었다. 무엇보다 이런 얘기를 자신이 직접 하지 않고 동재를 통해서 전달한 방식에 믿음이 가지 않았다. 어쩌면 동재한테 한 말에도 거짓이 섞여 있을지도 모른다.

그 뒤로 미나에게서는 어떤 연락도 없었다. 나도 미나에게 연락하지 않았다. 미나는 자기 말처럼 2학기에 전학을 갔다. 전학 갈지도 모른다는 말은 사실이었다. 도대체 미나가 내게 한 말 중에 어디까지가 참이고, 어디까지가 거짓이었을까? 미나로 인해 나는 다른 사람이 하는 말을 곧이곧대로 믿지 못하는 버릇이 생겼다. 미나와 절교했지만, 미나가 내게 남긴 '불신'이라는 놈은 끊어지지 않고 나와 단단히 엉켜 버렸다. 미나가 남긴 그림자는 깊고 어둡다. 그 그림자는 지금 이 순간에도 내게 어둠을 드리운다.

피자 한 조각을 집어 든다. 맛있는 피자 한 조각과 조각난 우정이 기묘하게 서로를 끌어당긴다. 피자와 우정이라는 어울리지 않는 조합이 조각이란 낱말을 매개로 은밀한 자기장을 만들어 낸다. 배신감이 피자 맛을 온전히 즐기지 못하게 한다. 그래도 씩씩하게 한입 베어 먹는다. 지금 여기서 새롭게 피어나는 우정을 기대하며…….

달콤한 과자마파티, 비밀은 없다

토핑 없는 피자 같은 사랑

● 이야기꾼 _ **윤민새**
● 등장인물 _ **박유림, 오준기**

나는 초등학교를 졸업할 때까지 이성에 아무런 관심이 없었다. 남자들은 찌질하고 유치해서 어울리기 싫었다. 남자 짝꿍이랑은 웬만하면 말도 섞지 않았다. 철없이 구는 남자들이 좋다고 사귀는 여자애들을 보면 한심했다. 이러했던 내가 중학교에 들어가자마자 한 남자애를 좋아하게 됐다. 처음에는 스스로 내 감정을 선뜻 받아들이지 못했다. '남자를 좋아해서 뭐 해?', '남자는 다 유치하잖아!'와 같은 온갖 이유를 찾아서 내 감정을 묻어 버리려 시도했지만, 번번이 실패했다. 도리어 지워 버리려 할수록 좋아하는 감정이 쑥쑥 튀어 올랐다. 시간이 가면서 내 의지로는 어찌할 도리가 없을 만큼 감정이 커졌고, 마침내 내 심장마저 장악해 버렸다.

이름은 오준기, 수학 학원에서 같은 반인 남학생이다. 같은 중학교에 다니지만, 반이 달라서 만난 적이 없기에 처음에는 이름만 겨우 기억할 만큼 별 감정이 없었다. 그러던 어느 날이었다. 선생님이 과제로 내준 수학문제를 풀지 못해 낑낑대고 있었다. 세 문제가 모두 비슷한 유형이었는데 아무리 머리를 굴려도 제대로 풀리지 않았다. 수업은 다가오고 문제는 안 풀리니 답답해 미칠 지경이었다. 수학 선생님은 숙제를 제대로 못 하면 야단을 심하게 친다. 얼마 전에도 꾸지람을 들었기에 다시 그런 꼴을 당하기 싫었다. 마음은 급한데 그럴수록 머리는 점점 굳어 갔다. 혹시라도 도와줄 만한 구원자가 없는지 찾았지만, 주변에는 그날따라 온통 남자애들뿐이었다. 솔직히 여자애들이 와도 내게 도움을 줄 만한 실력자는 없었다. 짜증과 불안이 손끝까지 밀고 들어왔다. 문제집을 연필로 박박 긁어 버리고 싶은 충동이 일었다. 연필을 쥔 손에 힘이 들어갔고, 종이가 깊이 파였다.

"이쪽을 묶어서 넘기면 되잖아."

그때 준기 손가락이 문제집 위로 불쑥 나타났다.

다른 때 같았으면 얼굴만 알고 친하지도 않은 남자애가 갑자기 다가오면 긴장하고 경계를 했을 텐데, 그때는 상대가 누구든 무조건 반가웠다.

"뭘 어떻게 하라고?"

나는 준기가 한 설명을 제대로 알아듣지 못해 반문했다.

"이렇게 형태를 바꾸면……."

준기는 내 손에 쥔 연필을 가져가더니 간단하게 식을 정리했다.

"어! 이건 그 공식이랑 똑같잖아!"

나는 반갑게 소리쳤다.

"알고 있는 공식과 형태가 다르면 공식과 닮은꼴 형태로 변형하려고 해 봐. 그러면 대부분 풀려."

준기는 친절하게 다른 문제도 설명해 주었고, 나는 그 덕분에 숙제를 깔끔하게 마무리할 수 있었다. 도와줘서 고맙다고 말하기도 전에 준기는 자기 자리로 돌아가더니 아무렇지 않게 수업 준비를 했다. 도움을 주고도 생색내지 않고, 다른 남자애들처럼 시끄럽게 굴지도 않으면서 차분하게 수업을 준비하는 모습이 인상 깊었다.

수업 시간 내내 괜히 준기에게 눈길이 갔다. 준기는 한눈팔거나 딴짓도 하지 않고 수업에 집중했다. 눈을 한시도 선생님에게서 떼지 않았다. 쉬는 시간이 되자 나는 문제를 푸는 척하며 준기를 관찰했다. 얼굴이 잘생기지는 않았지만 그래도 호감이 갔다.

숯을 칠한 듯한 짙은 눈썹은 그에 못지않게 진한 머리카락과 좋은 짝을 이루었다. 머리를 움직일 때마다 마치 바람이 부는 듯 머리카락이 찰랑거리고, 문제를 풀 때면 짙은 속눈썹이 별처럼 빛났다. 눈꼬리와 입꼬리는 서로 단짝이라도 된 듯 매끈한 선을 그리며 밝게 웃고, 귓불은 몽실몽실 만지고 싶은 충동을 건드렸다. 턱선은 부드럽게 입을 감싸고 코는 모나지 않으면서도 오뚝하게 중심을 잡았다. 이목구비를 뒷받침하는 피부는 햇살을 받으며 신나게 뛰어놀다가 교실로 막 들어

온 아이 피부처럼 건강미가 풍겼다.

그러다 가방에 손을 넣던 준기와 눈길이 부딪쳤다. 재빨리 다른 데를 보는 척했지만, 감전이라도 된 듯이 찌릿한 충격이 일었다. 심장이 미세하게 떨리고 머리는 찰나에 마주쳤던 짙은 눈동자로 꽉 찼다. 한 번도 경험하지 못한 이상 현상에 내 신경세포는 알레르기와 같은 반응을 일으켰다. 낯선 감정에 어찌할 바를 몰랐다. 그 순간에는 내 마음을 찌르고 들어온 그 감정이 무엇인지 알아차리지 못했다.

그 뒤부터 준기를 볼 때마다 감정이 흔들렸다. 혼자 있는 시간에도 준기 얼굴이 떠올라 멍해지는 경우가 많았다. 오랫동안 그 상태가 지속되었음에도 나는 그게 남자를 좋아하는 감정인지 알아차리지 못했다. 어쩌면 자신을 속였는지도 모르겠다. 남자를 사귀는 친구들을 비웃던 내가 남자를 좋아하게 되었다는 사실을 스스로 받아들이기 어려웠을 테니까.

무지몽매하게 안개 속을 헤매던 내 감정을 불빛 아래로 꺼내 준 이는 친구 박유림이었다. 유림이는 중학생이 되고 새로 사귄 친구다. 같은 반이 된 첫날, 서로 마음이 통해서 가까워졌다. 유림이와 이런저런 얘기를 하다가 의도치 않게 준기를 입에 올리고 말았다.

유림이가 수학 학원에서 같이 수업을 듣는 남자들이 마음에 안 든다며 투덜거렸다. 같이 철없는 남자들을 거론하며 수다를 떨다가 아무 생각 없이 준기를 좋게 말하고 말았다.

"그래도 준기는 참 괜찮아."

"그래 봤자 남자들은 다 똑같아."

유림이는 차갑게 대꾸했다. 준기가 다른 남자애들과 동급으로 취급되는 게 싫었다.

"아니야! 준기는 다르다니까."

부드럽게 대꾸해야만 했다. 내용이 문제가 아니었다. 말투가 문제였다. 지나치게 억양이 강하게 들어갔고, 속 감정을 실어서 말하는 실수를 저질렀다.

"너…?"

유림이가 눈을 동그랗게 떴다. 그러더니 나를 유심히 살폈다.

"뭐야? 갑자기 왜 그래?"

유림이가 나에게 바짝 다가왔다.

"설마……?"

그때까지도 나는 내가 무슨 실수를 저질렀는지 몰랐다.

"너, 준기 좋아해?"

유림이가 불쑥 밀고 들어왔다. 빵빵하던 풍선에 가시가 닿은 듯했다. 그 질문을 받자마자 나는 내 감정이 어떤 상태인지 비로소 알아차렸다. 모른 척했지만, 알고도 외면했던 진실이 명확해졌다. 그렇지만 나는 쉽게 인정하기 싫었다.

"뭔 소리야!"

나는 강하게 부정했다.

"어, 이거 이상한데……."

"아니라니까."

더 거칠게 반응했다.

"아니야, 아니야! 이건 윤민새답지 않은 반응이야."

유림이는 마치 셜록 홈즈라도 되는 듯 팔짱을 끼고 나를 의심스러운 눈초리로 살폈다.

그날은 그럭저럭 뭉개면서 넘어갔지만 내 방어 전선은 며칠이 지나지 않아 유림이가 펼친 집요한 공세에 무너지고 말았다. 나는 준기를 좋아한다고 인정할 수밖에 없었고, 내 감정은 유림이와 나만 공유하는 비밀이 되었다.

준기를 향한 내 감정을 있는 그대로 받아들이긴 했지만, 상황이 바뀌지는 않았다. 나는 사랑에 소심했고 감정 표현에 서툴렀다. 상상에서는 하루에도 몇 번이나 사랑 탑을 쌓고 부쉈다. 듣는 노래는 온통 내 안타까운 심정을 대변하는 것들뿐이었다. 혼자서 온갖 청승을 다 떨었지만, 겉으로는 유림이를 빼면 아무에게도 드러내지 않았다. 유림이는 비밀을 잘 지켰고, 내가 털어놓은 몽상과 환상까지 적절하게 받아 주었다. 그럴수록 둘 사이에 쌓이는 비밀 탑은 한층 한층 높아졌고, 우정은 깊어졌다. 유림이가 없었다면 답답함을 견디지 못하고 될 대로 되라는 충동에 빠져 섣부르게 고백을 했거나, 절망과 좌절감에 빠져 감정을 벼랑 아래로 던져 버렸을 것이다.

2학기가 되면서 유림이에게도 비밀이 생겼다. 내 비밀만 공유하다

유림이 비밀까지 공유하니 기울어진 탑이 제자리를 잡은 듯해서 안정감이 느껴졌다. 유림이가 고민이 있다고 말하는 순간, 나는 유림이도 나와 똑같은 감정에 사로잡혔고, 나와 같은 망설임증에 빠졌다고 확신했다. 다행인지 불행인지 모르지만 내 짐작은 반은 맞고 반은 틀렸다. 가을 햇살을 닮은 감정이 찾아온 건 맞았다. 망설임증에 빠진 것도 사실이었다. 그러나 사귀자는 고백을 꺼내지 못하는 소심함은 아니었다.

"확신이 들기만 하면 나는 먼저 고백할 거야."

유림이는 나와 달리 사랑에 소심하지 않았다.

"이건 양념치킨이냐 프라이드치킨이냐 하는 문제와 똑같아."

"그럴 때는 양념 반, 프라이드 반이지."

내가 웃으며 정답을 말했다.

"정답!"

유림이는 엄지를 치켜세우며 농담을 받아 주었다.

"치킨처럼 반반씩 주문하면 딱 좋은데, 문제는 걔네들은 치킨이 아니라는 거야."

유림이에게도 설렘이 찾아들었다. 문제는 빛깔이 다른 두근거림이 한꺼번에 찾아왔다는 데 있었다. 유림이를 고민에 빠뜨린 남자는 김성진과 박준혁이었다. 둘 다 같은 반이어서 잘 아는 편이다.

성진이는 재미있고 사교성이 좋다. 농담을 잘하고 입이 항상 웃고 있다. 어떨 때는 약간 유치한 면도 있지만 웃길 때 웃기고 분위기 봐서 물러나야 할 때는 적절하게 장난을 접는다. 나는 밝은 성격과 사교성이 넓은 면은 부러웠지만, 가볍고 유치한 장난을 거듭하는 꼴이 싫어서 끌리지 않는데 유림이는 그 가벼움과 유치함이 오히려 더 끌린다고 했다.

준혁이는 성진이와 달리 농담을 잘하거나 유쾌한 편은 아니다. 성격이 딱히 튀지 않고 무난하다. 속은 어떨지 모르지만, 겉으로 보기에는 나처럼 소심한 면을 감추고 지내는 듯했다. 준혁이는 머리가 좋다. 단지 공부를 잘하는 수준이 아니라 머리가 번개처럼 빠르게 돌아간다. 모둠으로 하는 수행평가를 몇 번 같이 했는데 그때마다 기발한 발상을 아무렇지 않게 내놓아서 깜짝 놀랐다. 준혁이 머리는 선행이나 노력을 통해 얻을 수 있는 게 아니었다. 상상력과 창의력이 보통 사람과는 결이 달랐다.

둘 다 독특한 장점이 있기에 제3자인 내가 봐도 선뜻 누가 더 유림이에게 어울리는지 판단하기 어려웠다. 누구 한 명이 외모라도 더 나으면 그걸로 추천하겠는데 그렇지도 않으니 참 막막했다. 확실히 외모는 내가 좋아하는 준기가 그 둘보다 훨씬 낫다. 물론 유림이에게 서로가 좋아하는 남자들 외모를 견주려는 도발은 하지 않았다.

나는 소심증으로, 유림이는 망설임증으로 사랑은 속에서만 끓어올랐다. 연애하면 어떻게 하겠다는 거창한 계획은 무수히 세우고 수정했지만, 정작 가장 중요한 관문을 넘을 시도는 전혀 하지 않았다. 1학년이 끝날 때까지 상황은 변하지 않았고, 우리 사이에는 비밀스러운 감정만 나날이 쌓여 갔다.

달콤한 파자마파티, 비밀은 없다

2학년은 엄청난 행운과 함께 열렸다. 유림이뿐 아니라 준기와도 같은 반이 되었기 때문이다. 초등학교 내내 반 배정에 실망했던 나였기에 누가 같은 반인지 알아보지도 않았다. 유림이는 같은 반인 걸 알았지만 준기가 같은 반인 줄은 몰랐다. 등교 첫날, 교실에 들어가니 준기가 앉아 있었다. 예상치 못한 상황에 심장이 요동쳤다. 제대로 꾸미지도 않고 등교한 게 후회가 되었다. 반 배정을 미리 확인하지 않은 내가 바보 같았다.

짝꿍이 되었다면 금상첨화겠지만 그런 행운까지는 일어나지 않았다. 그래도 같은 반이니 학원에서만 만날 때보다는 친해질 기회가 훨씬 많았다. 같이 모둠이 되어 수행도 하고, 학원 숙제를 핑계로 서로 이야기도 하고, 실수인 척하며 부딪치기도 했다. 느리지만 조금씩 가까워졌고 다른 사람 눈치 보지 않고 자연스럽게 대화를 나누는 사이가 되었다.

중간고사를 일주일 앞두었을 때였다. 시험공부를 하느라 저녁도 제대로 못 먹은 채 학원으로 갔다. 학원 수업 시간이 되려면 20분쯤 여유가 있어서 편의점에 들러서 컵라면을 샀다. 뜨거운 물을 컵라면에 붓는데 거기에 준기가 있었다. 우리는 반갑게 인사를 나누고, 같이 컵라면을 들고 밖으로 나갔다. 마주 보고 앉아서 컵라면을 먹으니 마치 데이트라도 하는 듯 설렜다. 드라마를 보면 이런 장면에서 서로 감정이 깊어지는 특별한 일이 종종 일어난다. 드라마 같은 일이 일어나길 은근히 바라면서 라면을 조심스럽게 먹었다.

그러나 라면을 거의 다 먹을 때까지 기대했던 달달한 장면은 생기지 않았다. 라면을 먹느라 바빠서 대화도 얼마 못 했지만, 그나마 오가는 대화도 시험이라는 무미건조한 소재가 전부였다. 아무런 방해도 받지 않고, 자연스럽게, 단둘이 보내는 첫 시간이, 이런 소중한 기회가 말라 비틀어진 나뭇잎처럼 사라져 버리게 만들기는 싫었다. 아쉬움이 커서 인지, 아니면 당시에 푹 빠져서 보던 연애 드라마가 끼친 영향 때문인지 모르지만, 나는 소심함에서 벗어나 용감한 모험에 나섰다.

"넌, 연애 안 해 봤어?"

그전까지 나누던 대화와는 맥락이 전혀 이어지지 않는 말이었다.

가만히 따져 보면 참 어색한 질문이었고, 조금 예민한 사람은 내 속 감정을 알아차릴 수 있을 만큼 뻔한 질문이었다.

"한 번도."

라면 국물을 마시며 준기가 대답했다. 조금 전까지 나누던 대화와는 맥락이 달랐지만, 준기는 별로 이상하게 여기지 않은 듯했다.

"연애할 생각은 있어?"

"굳이."

라면 면발이 입술 사이로 빨려 들어갔다. 면발조차 멋있어 보였다.

"굳이라니, 무슨 말이야?"

"말 그대로. 굳이 해야 하나 싶어서."

"절대 안 하겠다는 건 아니네?"

"사람 일은 모르잖아."

갑자기 맥박이 심하게 뛰었다. 나와 사귀겠다고 한 것도 아니고, 그저 연애를 절대 안 하겠다고 철벽을 치지 않은 것만으로도 내게는 희망이 생긴 듯했기 때문이다.

"솔직히 지금 우리 때 연애하면 뭐 하냐? 어차피 얼마 사귀지도 못하고 금방 헤어질 텐데."

'아니, 나랑 사귀면 다를 거야.' 하고 용감하게 고백하고 싶은 충동이 일었지만, 내게 그만한 용기는 없었다.

라면을 다 먹은 준기가 컵을 쓰레기통에 버렸다. 준기는 내가 라면을 다 먹을 때까지 기다려 주었다. 라면을 먹는 내가 불편하지 않도록 시선을 다른 데로 살짝 돌렸다. 작은 배려였지만, 철부지 남자애들과는 다른 다정함이었다. 어쩌면 준기에게도 나를 향한 마음이 조금은 있을지도 모른다는 기대를 품게 하는 행동이기도 했다.

그날 밤, 유림이에게 준기와 있었던 일을 얘기했더니 유림이는 빨리 고백하라고 호들갑을 떨었다.

"자신 없어."

늘 그랬듯이 나는 그날도 똑같았다.

"신호야 신호."

"신호라니?"

"기회가 되면 사귈 마음이 있다고 신호를 보냈잖아."

유림이는 단정하며 말했지만 나는 확신이 서지 않았다.

"그건 그냥 이럴 수도 있고, 저럴 수도 있다는 말이잖아."

"답답하네, 정말."

그날따라 유림이는 나를 세게 몰아붙였다.

"네가 마음에 없으면 사귀지 않는다고 딱 잘라서 말했겠지. 사람 일은 모른다고 왜 굳이 너한테 말했겠어?"

"그럴까?"

"아끼다 똥 된다는 말도 있잖아. 네가 망설이는 사이에 누가 채 가면 어쩌려고 그래."

유림이가 그렇게 말하니 갑자기 걱정되었다. 준기가 연애할 마음이 있고, 누가 준기에게 다가가 고백을 했는데 준기가 받아 주면 어쩌나 하는 걱정이었다. 나 말고 준기를 좋아하는 여자애가 없다고 확신할 수는 없었다. 어쩌면 준기가 마음에 두고 있는 여자애가 있을지도 모른다. 대놓고 확인하고 다닐 수도 없고, 준기에게 물어볼 수도 없는 노릇이었다. 그런 걱정이 내 결심을 재촉했다. 더는 발을 동동거리고 홀로 감정을 쌓아가는 시간을 보내기 싫었다. 소심한 나지만 결심이 서자 마음이 단단해졌다.

고백하기로 결심했다고 해도 나는 조심스러웠다. 고백을 했다가 차이면 다시 회복하기 힘든 상처가 되기에 한 땀 한 땀 차분하게 준비했다. 준기가 나를 받아들일 만한 틈을 만들어 내는 데 초점을 맞췄다. 방법은 유림이가 알려 주었다. 유림이는 연애는 못 해 봤으면서 이런 조언은 참 잘해 주었다. 핵심은 더 자주 보고, 더 자주 말을 섞는 것이었다. 학교에서는 일부러 준기와 대화를 많이 나누었고, 학원에서는 바로 옆에 앉아서 더 많은 도움을 요청했고, 밖에서는 틈만 나면 우연을 가장해서 만났다.

대놓고 물어보진 않았지만, 낌새를 보니 준기도 나에게 조금은 호감을 품은 듯했다. 딱히 근거는 없었지만 내 직감이 그런 신호를 보냈다. 나는 드디어 고백을 실행하기로 했다. 학교에서는 고백하기 싫었다. 문자 한 줄 '띡' 날리는 고백 방식도 싫었다. 학원을 마치고 허기진 배를 같이 채운 뒤, 거리를 밝히는 조명 아래서 단둘이 있을 때 자연스럽게 고백하고 싶었다. 준기 일정은 모두 알고 있기에 가장 적합한 날짜를 잡았다. 도움을 요청하고, 그에 대한 보답으로 간식을 사 준 뒤, 준기가 집으로 갈 때를 노리기로 했다. 그날 입을 옷도 섬세하게 골랐다. 고백할 때 사용할 문장은 이미 오래전에 준비해 두었지만 수십 번 반복해서 연습하고 또 연습했다. 그 모든 걸 유림이와 상의했고, 유림이는 정성껏 나를 도왔다. 참 좋은 친구였다. 유림이 덕분에 결심이 약해지지 않도록 붙잡을 수 있었다.

그렇게 차근차근 준비한 끝에 드디어 고백하는 날이 왔다. 하루가 어떻게 가는지 정신을 차릴 수 없었다. 모든 시간이 한 점을 향해서만 흘렀다. 하교하는데 학교에서 어떻게 보냈는지 하나도 기억이 나지 않았다. 집에서 가볍게 배를 채우고, 준비한 옷으로 갈아입었다. 자연스러우면서도 내 장점을 살리는 옷차림이었다. 책가방과 필통도 깨끗하게 정리하고, 지갑도 확인했다.

'윤민새! 잘할 수 있어.'

긴장한 나에게 용기를 주면서 집을 나서는데 유림이에게서 전화가 왔다.

"나 좀 잠깐 볼 수 있어?"

목소리가 가늘게 떨렸다. 음색도 좋지 않았다. 평소에 유림이에게서 뿜어 나오던 활기가 전혀 느껴지지 않았다. 안 좋은 일이 있나 싶어서 걱정되었다. 휴대전화로 시간을 확인했다. 유림이를 만나도 학원에는 늦지 않을 만큼 시간은 넉넉했다. 일찍 준비하고 나온 덕분이었다. 유림이가 있는 곳도 학원 근처라 부담이 없었다. 유림이와 약속한 장소로 바쁘게 움직였다. 만날 곳은 작은 동산과 아파트 단지 사이에 난 작은 길인데, 준기와 사귀게 되면 학원 끝나고 꼭 같이 걷고 싶을 만큼 예쁜 길이다. 길을 따라 무르익은 봄이 발걸음에 리듬을 맞추며 콧노래를 불렀다. 준기와 나란히 걷는 상상은 봄에 물든 볼을 더욱 빨갛게 물들였다.

유림이는 동산 쪽으로 오목하게 들어간 곳에 설치된 의자에서 나를 기다리고 있었다. 유림이 기분이 좋아 보이지 않았기에 경쾌하게 뛰노는 걸음걸이를 차분하게 가라앉혔다. 조심스럽게 유림이 옆에 앉았다. 유림이가 옆으로 슬쩍 움직이며 내가 앉을 곳을 넉넉하게 해 주었다. 역시 평소 유림이답지 않았다. 이제껏 느껴 본 적 없는 어색함이 흘렀다.

"옷이 좀 튀지 않아?"

함께 고르고 준비한 옷이기에 새삼스럽게 물어볼 까닭이 없었지만, 분위기를 풀려고 일부러 내 옷차림을 화제로 삼았다.

달콤한 파자마파티, 비밀은 없다

"괜찮아, 예뻐."

어색하다 못해 바위처럼 굳어 버린 반응이었다. 아무래도 유림이에게 매우 안 좋은 일이 일어난 게 분명했다.

"무슨 걱정 있어?"

"그게……."

유림이 양손에 힘이 들어갔다. 손으로 치마 끝을 움켜쥐었다. 그때서야 유림이 옷차림이 여느 때와 무척 다르다는 사실을 알아차렸다. 평소에는 거의 입지도 않은 치마에 수수하면서도 맵시 나는 블라우스를 걸쳤다. 스타킹과 구두는 치마와 더할 나위 없이 잘 어울렸고, 화장은 진하지 않으면서도 세련되어 유림이 장점을 돋보이게 했다. 세심하게 준비하고 정성을 들인 옷차림이었다.

"너도, 설마 드디어 고백하기로 한 거야?"

예전 같으면 이러쿵저러쿵하면서 결정을 못 내리겠다는 넋두리를 한참 동안 풀어놓았을 유림이가 아무런 대꾸를 안 했다. 유림이 반응이 내 의문을 확신으로 바꾸었다. 아무래도 내가 고백을 한다고 하니 그게 유림이에게 자극이 된 모양이었다.

"맞구나! 누구야? 누구로 결정했어?"

유림이는 곤혹스러워하면서도 입을 열지 않았다. 이렇게 오랫동안 침묵하는 유림이를 본 적이 없었다.

"혹시 고백하기로 했는데 포기한 쪽이 마음에 걸려서 나를 부른 거야?"

유림이는 내 시선을 피하면서 바닥에만 눈길을 주었다.

"준혁이야, 성진이야?"

여전히 답이 없었다.

"결심했으면 그대로 밀고 나가. 뭘 망설이는데? 어차피 미련은 남을 거잖아."

나는 마치 유림이가 나에게 조언을 하듯이 강하게 밀어붙였다.

"누구야? 누굴 버렸어? 누가 선택을 못 받고 버려졌어?"

분위기를 풀어 보려고 일부러 장난스럽게 말했다.

"그게……."

드디어 유림이가 입을 뗐다.

"그게 누구야?"

속으로 내기를 했다. 나는 겉으로 드러내지는 않았지만 성진이가 더 낫다고 생각했다. 유림이 성향에는 유쾌하고 밝은 성진이가 훨씬 잘 어울린다고 보았기 때문이다. 만약에 유림이가 준혁이를 택한다고 해도 굳이 말릴 생각은 없었다. 준혁이도 유림이 상대로 모자란 짝은 아니기 때문이다. 누가 되었던 오랜 고민이 끝나는 걸 축하해 주고 싶었다.

"그게 말이야……."

그 뒤에 나온 이름은 내 예상을 완전히 벗어나 버렸다.

"나, 준기가 좋아졌어."

처음에는 준혁이를 잘못 발음한 줄 알았다.

"너한테 정말 미안한데, 나 준기가 좋아졌어. 정말이야."

머리가 멍해졌다.

"나도 이런 내가 당황스러워. 그렇지만 좋아진 걸 어떡해."

그래서 그렇게 죽어 가는 소리로 나에게 전화했구나! 내가 학원에 가기 전에 나를 막으려고. 나 대신 자신이 고백하려고 이렇게 예쁘게 옷을 차려입고 나왔구나! 드라마에서나 봤을 법한 일이 나한테 벌어지다니, 어처구니가 없었다.

"성진이랑 준혁이를 좋아한다고 하지 않았어?"

나락으로 떨어지려는 정신을 간신히 붙잡고서 애써 침착하게 물었다.

"나도 그런 줄 알았는데, 그게 아니었나 봐."

아니면 아니지 '아니었나 봐.'라는 표현은 또 뭐란 말인가? 자기감정에 확신도 없으면서 일 년 동안 쌓아 온 내 감정을 포기하라고 요구하는 걸까? 유림이가 원래 저렇게 뻔뻔했던가?

"언제부터야?"

꼭 확인하고 싶었다. 그동안 준기를 좋아하면서도 나를 위해 주는 척해 온 기간이 얼마나 되는지…….

"모르겠어. 언제부터 좋아했는지 나도 모르겠어."

내 앞에서 어쩔 줄 몰라 하는 유림이는 언제나 거리낌없이 자기 의견을 내세우는 당당한 그 유림이가 아니었다. 당황하고 화도 났지만 어떤 면에서는 안쓰럽기도 했다.

"언제부터 좋아했는지도 모른다니……, 어쨌든 좋아한다고 알아챈 날이 있을 거 아니야?"

"그건……."

유림이 눈빛이 심하게 흔들렸다. 말을 제대로 잇지 못했다.

"설마, 오늘인 거니?"

말도 안 된다고 생각하면서도 물었다. 긍정하는 답변이 나오지 않으리라 믿었다. 그러나 내 예상은 빗나갔다. 유림이는 느리게 고개를 끄덕이며 나를 더 심란한 혼란으로 밀어넣었다.

"그게 말이 돼? 오늘 좋아하는 감정을 확인했다고? 그런데 이렇게 입고 나와서 나를 말리겠다는 거야?"

"나도 미치겠어. 나도 내가 왜 이러는지 모르겠다고."

유림이 목소리가 커졌다.

"오늘 과학 실험을 할 때 준기랑 같은 모둠이었는데, 세심하게 배려하고 챙겨 주는 모습에 나도 모르게 반해 버렸어. 그동안 너한테 들었던 얘기들이 떠오르면서 정말 멋져 보이는 거야. 이러면 안 된다고 생각하면서도 어쩔 수가 없었어."

"이건 말이 안 돼."

"알아차린 건 오늘이지만 아마 오래됐을 거야. 너를 통해 무수히 많은 준기를 접하면서 나도 모르게 좋아졌나 봐. 그동안 내가 둔해서 미처 몰랐다가 오늘에서야 내 진짜 감정을 알아차린 거야. 그냥 오늘이 아니라고."

"어쨌든, 오늘이잖아."

"알아! 나도 안다고. 내가 이상해 보인다는 거 나도 알아."

달콤한 파자마파티, 비밀은 없다

"난 오늘을 일 년 동안 기다렸어."

"그러니까 조금 더 기다려도 되잖아?"

너무 어이가 없어서 말문이 막혔다.

"나도 이런 내가 당황스러워. 그렇지만 어떡해? 갑자기 좋아졌는데 어떡하냐고? 준기한테 고백하지 마. 응?"

시선을 돌렸다. 준기와 사귀게 되면 나란히 걷고 싶던 길로 운동복을 입은 중년 여성 두 명이 팔을 이리저리 휘저으며 걸어갔다. 몸짓이 과장되고 우스꽝스러워서 평소 같으면 유림이와 같이 몰래 흉내를 내며 한바탕 웃을 만한 장면이었다. 늘 속을 터놓고 지내던 친구와 웃음을 나누지 못하는 현실이 끔찍하게 싫었다.

"내가 어떻게든 고백해 보고 안 되면 그때 네가 하면 되잖아? 안 그래?"

유림이가 애원하듯 토해 낸 말이 귓등으로 흘러갔다. 봄바람이 사붓이 다가가니 초록 잎이 앙글앙글 웃었다. 파도로 일렁이던 수면이 천천히 평온을 되찾았다. 둘이 예쁘게 차려입고 이러고 있는 꼴이 우스웠다.

다시 시선을 유림이에게 돌렸다. 간절해 보였다. 나보다 훨씬 절절했다. 일 년을 머뭇거린 나, 좋아한다는 감정이 확인되자마자 움직인 유림이, 어쩌면 나보다는 유림이가 준기와 사귈 자격을 더 갖췄는지도 모르겠다는 생각이 들었다. 서럽기도 하고, 억울하기도 했지만 어쩔 수 없었다. 나보다는 유림이가 준기에게 더 어울리는 짝인 듯했다. 아직 고백도 안 했고, 고백한다고 해서 맺어지리라는 보장도 없는 남자보다는 오래도록 우정을 쌓아 온 친구가 내게는 더 소중했다. 사랑과 우정 사이에서 나는 우정을 택하기로 했다. 봄바람이 다가와 따스하게 내 볼을 쓰다듬으며 내 다짐을 격려해 주었다.

"알았어."

유림이가 벌떡 일어났다.

"진심이야?"

"알았으니까, 그렇게 하라고."

밝은 표정을 힘껏 만들었다.

"고마워. 정말 고마워."

유림이 얼굴이 환하게 밝아졌다. 그 어느 때보다.

"차이지나 마."

나는 피식 웃었다.

진심으로 유림이가 준기와 이어지길 바랐다.

"난 집에 가야겠다."

"학원은……?"

"이런 차림으로 가긴 싫어. 갈 기분도 아니고."

나는 가볍게 손을 흔들어 주고 학원 반대편 쪽으로 걸었다. 준기에게 고백을 한 뒤에 같이 걷고 싶은 길이었는데, 다시는 이 길을 걷고 싶지 않았다. 다시는 떠올리기 싫은 길이 되고 말았다.

학원과 엄마한테는 적당히 거짓말을 하고 내 방에 처박혔다. 아무 생각도 떠올리지 않으려고 이불을 뒤집어썼지만, 그럴수록 온갖 복잡한 상념이 튀어나왔다. 유림이 앞에서는 멋진 척하며 포기했지만, 내 속은 상처로 신음했다. 잠이라도 들면 덜 괴로울 텐데 자려고 하면 할수록 정신이 말똥말똥했다. 다리가 저리고 팔뚝이 아릿하고 뒷골이 먹먹했다. 몸 곳곳이 끙끙 앓았다. 새벽 1시쯤 되었을 때 참지 못하고 휴대전화를 열었다. 휴대전화를 든 채 망설이고 망설이다 유림이 SNS에 들어갔다. 아니길 바랐지만, 내 기대는 속절없이 어긋났다. 첫 화면에 어제까지도 없던 빨간 하트가 떠 있었다. 유림이가 뜻하는 바를 이루었다는 증거가 나를 희롱하듯 해맑게 깜박였다. 하트 아래에는 가슴을 후벼파는 문구가 떡하니 버티고 서서 잘난 척을 했다.

오늘부터 1일

내가 썼어야 할 문구였다.

이불을 발로 수십 번 걷어찼지만 일단 지나간 시간은 뒤로 돌아가지 않았다.

2일째, 아침에 눈을 뜨기 싫었다. 엄마한테 심한 야단을 맞은 뒤에야 겨우 일어났다. 밥맛이 없어서 아침도 먹는 둥 마는 둥 했더니 또다시 잔소리가 쏟아졌다. 밤에 몰래 휴대전화 쓰느라 늦게 잔 거 아니냐는 의심까지 받았다. 한 번만 더 이러면 휴대전화를 압수하겠다는 협

박까지 받았다. 얼굴을 잔뜩 구기고 교실에 들어갔는데 유림이가 내 눈치를 살폈다. 아는 애들은 이미 다 아는지 은근히 다가가 유림이와 속닥거리기도 하고, 눈빛을 주고받기도 했다. 대부분 애들과 관계가 좋은 유림이었기에 모두들 축하하는 분위기였다. 그러나 유림이는 내 눈치를 살폈고, 기쁨을 적절히 감추었다. 수업 도중에 둘이 은근히 눈빛을 주고받는 꼴을 확인할 때마다 속이 뒤집혔지만 겉으로는 내색하지 않았다. 솔직히 말하면 그러려고 안간힘을 쓰기는 했는데 잘 되었는지는 모르겠다.

3일째, 수학 학원에서 준기와 최대한 떨어져 앉았다. 준기는 자연스럽게 내게 말을 걸었지만, 나는 바쁜 척하며 대충 대꾸하고 말았다. 수업하는 내내 준기 쪽을 안 보려고 발버둥치느라 수업이 귀에 들어오지 않았다. 그 바람에 쪽지 시험을 통과하지 못했고, 다들 집에 갈 때 나머지 공부와 과제를 하느라 남아야 했다. 내가 집에 늦게 온 사정을 안 엄마는 또 한바탕 잔소리를 늘어놓았다. 이번에도 휴대전화 압수라는 협박이 등장했다. 내 사정도 모르고 무조건 닦달만 하는 엄마가 싫었다.

4일째, 드디어 사진이 올라왔다. 큰 하트로 둘 다 얼굴을 가리기는 했지만 누가 봐도 준기와 유림이라는 걸 알 만한 사진이었다. 손을 꼭 붙잡고 어깨를 댄 채 한껏 다정하게 찍었는데, 보이지 않는 얼굴이 나라면 얼마나 좋을까 하는 망상에 빠지기도 했다. 같이 찍은 사진 아래로 그날 올린 수많은 사진이 있었다. 우리 학교 애들이 놀 때 늘 가는 시내 중심가와 다양한 음식들을 찍은 사진들은 유림이가 준기와 하루 동안 즐긴 데이트가 어땠는지 세세하고 꼼꼼하게 자랑하고 있었다. '좋아요'는 단 하나도 누르지 않았다. 소심한 복수였다.

5일째, 유림이가 드디어 교실에서도 내 눈치를 보지 않고 준기와 다정한 몸짓을 주고받았다. 쉬는 시간마다 둘이 딱 붙어서 다정하게 이야기를 나누는 게 눈꼴셨다. 일부러 째려보면서 눈치를 줬고, 몇 번 눈이 마주치기도 했지만 유림이는 아랑곳하지 않았다. 도리어 빙그레 웃으며 행복감을 마음껏 뽐냈다. 미친 듯이 질투가 났지만 내가 할 수 있는 저항이나 방해는 아무것도 없었다.

6일째, 유림이 필통이 바뀌었다. 아무래도 준기가 사준 듯하다. 유림이는 나한테 와서 필통을 자랑했다. 딱 봐도 참 예쁜 필통이었지만 나는 시큰둥하게 반응했다. 그러거나 말거나 유림이는 한참 동안 필통 자랑을 늘어놓으며 내 속을 뒤집어 놓았다. 학원에서 준기 쪽은 쳐다보지도 않는데 준기는 자꾸 나와 말을 하려고 다가왔다. 나는 밀린 숙제를 핑계 삼아서 끝까지 모른 척했다.

7일째, 이동 수업을 하려고 나가는데 준기와 유림이가 복도에서 은근슬쩍 손을 잡고 걷는 게 보였다. 둘 사이가 얼마나 발전했는지 보여 주는 징표였다. 확 가서 끊어 버리고 싶은 심술이 일었다.

8일째, 학원에서 준기가 말을 걸었다. 피하고 싶었지만 그럴 수 없었다. 솔직히 혹시나 하는 마음도 있었다. 그러나 내 기대는 망상이었다. 준기는 유림이 절친인 나에게 유림이에 대한 정보를 알아내려고 했다. 유림이에게 더 잘해 주고 싶다면서……. 모조리 반대로 알려 줄까 하다가 모질지 못한 내 양심은 있는 그대로 진실을 준기에게 전하고 말았다. 아마 내 정보로 인해 유림이는 더 행복해지고, 둘 사이는 더 단단해질 것이다.

9일째, 다 알면서도 모른 척하던 둘 사이 관계가 공인되었다. 선생님마저도 둘이 사귄다는 사실을 알아 버렸다. 아무래도 이제는 나도 준기가 유림이 남자친구라는 사실을 인정할 때가 온 것 같았다. 현실은 내가 둘 사이를 인정하든 안 하든 아무것도 안 바뀌겠지만.

10일째, 학원에서 만난 준기가 내게 고맙다면서 선물을 주었다. 내 조언 덕분에 유림이가 아주 행복해한다면서 그에 대한 보답이라고 했다. 선물을 받고도 찜찜한 기분을 느끼기는 그때가 태어나서 처음이었다. 집에 가면서 포장지를 뜯었는데 내가 좋아하는 초콜릿이 듬뿍 들어 있었다. 내가 좋아하는 초콜릿은 무척 독특해서 일반 시중에서는 구하기도 쉽지 않다. 아무래도 유림이를 통해 내가 어떤 초콜릿을 좋

달콤한 과자마파티, 비밀은 없다

아하는지 알아낸 모양이다. 좋아하는 초콜릿인데도 먹고 싶지 않았다. 그래도 아까워서 차마 버리지 못하고 입에 넣었는데, 내가 기대한 맛 대신 씁쓸함이 혀를 마비시켰다. 내 인생에서 가장 맛없는 초콜릿이 었다.

11일째, 한 시간 간격으로 올라오는 SNS 사진을 확인하는 내가 한심 했다. 둘은 이제는 얼굴을 가리지도 않았다. 사진이 올라올 때마다 가슴이 덜컹덜컹 내려앉았다.

12일째, 이젠 포기했다. 아니 받아들여야만 했다. 둘은 사귀고, 나는 유림이 친구다. 질투도 집착도 부질없었다.

13일째, 학원에서 준기에게 다가가 먼저 말을 걸었다. 준기는 자연스럽게 내 말을 받았다. 준기는 내 친구에게 매우 소중한 남자친구였다.

14일째, 편의점 앞에서 나란히 앉아 컵라면을 먹으며 활짝 웃는 두 사람을 보는 내내 유림이가 예전에 했던 조언이 떠올랐다. 내가 준기에게 고백을 할지 말지를 두고 망설일 때마다 유림이는 '아끼다 똥 된다.'는 속담을 쓰며 나를 설득했었다. 맞는 말이었다. 아끼다 똥이 되고 말았다. 아니, 찬란한 보석이 다른 사람 손에 들어가고 말았다.

15일째, 유림이에게 준기와 사귀니 어떠냐고 물어봐야겠다. 진심으로 축하도 해 주고 기쁨도 나눠야겠다. 그럴 때가 되었다.

16일째, 얼굴 보고 수다를 떨면 내 표정으로 속마음이 드러날 듯해서 일부러 전화를 걸었다. 어렵게 말을 꺼냈다. 준기라는 이름이 내 입에서 나오자마자 유림이는 기다렸다는 듯이 그동안 준기와 사귀며 있었던 일들을 쏟아 냈다. 내가 미처 반응할 틈도 없이 쏟아지는 사연 덕분에 내 속생각을 들킬 걱정은 하지 않아도 되었다.

17일째, 유림이가 일요일에 나와 같이 시내로 가자고 부탁했다. 22일째 되는 날을 기념하는 선물을 제대로 준비하고 싶다는 이유였다. 이런저런 핑계를 대며 거절했지만, 포기하지 않고 밀어붙이는 유림이에게 밀려서 그러겠다고 승낙하고 말았다.

18일째, 네 시간이나 유림이에게 끌려 다녔다. 예전 같으면 둘이 10시간을 돌아다녀도 지치지 않았겠지만, 유림이 남자친구를 위한 선물을 사기 위해 돌아다니려고 하니 단 한 시간도 힘겨웠다. 둘 사이를 인정해야겠다고 다짐하고 또 다짐했지만, 여전히 속생각은 겉 생각과는 다른 모양이다.

19일째, 처음으로 준기 SNS를 들어가 봤다. 유림이가 사귀기 전에는 수도 없이 방문했던 SNS였다. 유림이와 준기가 사귄 뒤로는 단 한 번도 들어가지 않았었다. 수없이 많은 유혹에도 꿋꿋하게 버텼는데 더는 그럴 수 없었다. 내 예상과 달리 준기 SNS에서는 유림이와 연관된 사진이 몇 장 없었다. 그러나 몇 장 올라오지 않은 사진은 준기가 유림이와 관계를 얼마나 소중하게 여기는지 보여 주기에 충분했다. 망설이고 또 망설이다 놓쳐 버린 나 자신이 질리게 싫었다.

20일째, 준기가 유림이 남자친구라는 사실이 속생각에서도 받아들여졌다. 나는 유림이 친구고, 준기는 유림이 남자친구다.

21일째, 하루 내내 준기를 마음에 떠올리지 않았다. 학교에서 몇 번이나 준기가 눈에 들어왔지만, 다른 남자들과 비슷하게 그냥 거기 있구나 하는 수준이었다. 드디어 나는 준기에게서 벗어났다. 22일째 되는 날을 기다리며 설레는 유림이에게 진심으로 맞장구를 치며 같이 기뻐해 주었다. 유림이와 나는 드디어 예전 관계로 돌아갔다. 참으로 오랜만에 가볍게 잠이 들었다.

22일째, 준기가 수학 학원에 결석했다. 지각은커녕 숙제를 안 해 오는 경우도 없던 준기였다. 선생님도 몇 번 전화를 걸었지만 통화가 되지 않는 듯했다. 유림이와 22일째를 기념하며 어디서 달콤한 시간을 보내겠구나! 어림했지만, 굳이 선생님께 말하지는 않았다.

집에 와서 씻고, 간식 먹고, 숙제한 뒤에 침대에 누웠다. 무심코 SNS를 켜고 습관처럼 유림이를 찾았다.

'뭐야?'

유림이 SNS를 들어갈 때마다 반짝거리며 나를 맞이하던 하트가 사라지고 없었다. 오늘로 며칠째라고 자랑하던 날짜도 보이지 않았다. 뭔가 좋지 않은 예감이 들었다. 화면을 아래로 내리다 더 깜짝 놀랐다. 그동안 준기와 찍었던 모든 사진이 사라지고 없었다. 준기와 사귀기 하루 전에 찍은 음식 사진이 가장 최근에 올린 것으로 되어 있었다.

'오늘 서로 싸웠나?'

헤어졌을지도 모른다는 생각은 전혀 하지 못했다. 전화를 걸어서 확인할지 말지 고민했다. 한참을 망설이고 망설였다. 그냥 자려고 몇 번이나 결심했지만, 눈을 감아도 잠이 오지 않았다. 방법이 없었다. 문자를 보냈다. 뜻밖에도 답은 금방 왔다.

💬 헤어졌어.

예상치 못한 문자에 손가락이 마비된 듯 움직이지 않았다. 내가 답을 하지 않았음에도 유림이는 알아서 사정을 알려 주었다.

💬 너도 알지? 내가 얼마나 이날을 기다리며 준비했는지.

달콤한 파자마파티, 비밀은 없다

유림이가 큰돈을 쓰기는 했다.

💬 나는 비싼 선물에 편지까지 예쁘게 꾸며서 준비했는데 그 자식은…….

'자식'이라는 호칭이 싸움이 단순하지 않았음을 말해 주었다. 내 예상보다 훨씬 크게 다툰 모양이었다.

💬 그저 그런 싸구려 선물을 건네면서, 말만 번지르르하게 늘어놓잖아.'

준기는 말만 번지르르하게 할 사람이 아니다. 내 또래 남자들 가운데 준기처럼 진솔하고 마음을 다해 말하는 이는 없다.

💬 그래서 내가 선물이 이게 뭐냐고 따졌지. 나는 비싼 거 샀는데 넌 뭐냐고.

사랑하는 마음을 돈 액수로 따지다니, 어처구니가 없었다.

💬 아, 그랬더니 도리어 실망한 표정을 짓는 거야. 어이가 없어서.

준기가 어떤 심정이었을지 충분히 이해되었다. 자기가 사귀는 여자 친구가 돈 씀씀이로 사람을 판단하니 준기로서는 실망할 수밖에 없었을 것이다.

💬 그래서 내가 화를 냈더니 그 자식이 더 황당해하는 거야. 어쩜 그렇게 말귀를 못 알아듣는지.

더는 들을 필요가 없었다. 나도 유림이가 이 정도로 속물일 줄은 미처 몰랐다. 유림이는 내가 대꾸를 안 했음에도 준기 험담을 길게 늘어놓았다. 예전 같으면 같이 맞장구를 치며 낄낄거리고, 둘만 공유하는 비밀을 한층 더 쌓았겠지만, 그 순간에는 도저히 그럴 수 없었다. 문자를 그만둘 기회를 엿보던 나는 엄마가 눈치챈 것 같다면서 서둘러 빠져나왔다.

곧바로 준기 SNS로 들어갔다. 준기 SNS에는 사진이 단 한 장도 남아 있지 않았다. 조금 뒤에는 아예 준기 SNS가 없다는 알림이 떴다. 내가 방문하는 그 순간에 사진을 다 지우고, SNS 계정마저 삭제해 버린 것이다.

그다음 날, 준기는 학교에 나오지 않았다. 다들 준기가 유림이와 헤어진 걸 아는 눈치였다. 유림이는 아무런 일도 일어나지 않은 듯 여느 때와 다름없었다. 씩씩하고 당당하고 유쾌했다. 유림이와 둘이서만 대화를 나눌 기회를 엿봤지만 쉽지 않았다. 학교를 마친 뒤에는 통화라도 하고 싶었지만, 전화를 받지 않았다. 늦은 밤에 문자를 보내서 다시 상황 설명을 들었는데, 어제 보낸 문자와 크게 다르지 않았다.

토요일, 준기는 학원에 오지 않았다. 선생님이 심각하게 전화 통화

달콤한 파자마파티, 비밀은 없다

를 하는 게 보였다. 준기처럼 성실하고 실력까지 갖춘 수강생이 잇달아 빠지니 선생님으로서는 당연한 대응이었다. 망설인 끝에 준기에게 문자도 보냈지만, 답이 없었다. 물론 전화도 받지 않았다.

일요일, 이곳저곳에 수소문했지만, 준기와 연락이 닿는 사람은 아무도 없었다. 답답한 시간이었다.

월요일, 준기가 다시 학교에 나왔다. 다행이었지만 다행이라고만 할 수는 없었다. 얼굴은 좀비라도 된 듯이 창백했고, 하루 내내 한마디도 하지 않았다. 말을 붙일 엄두가 나지 않았다. 화요일도 마찬가지였다. 준기는 아무와도 말을 섞지 않았고, 심지어 선생님이 발표를 시켜도 입을 열지 않았다. 완전히 다른 사람이 된 듯했다. 그 반면에 유림이는 더 활기차고 즐거워 보였다.

다행히 준기는 학원에 다시 나왔다. 학원이 끝나고 나가는 준기를 억지로 붙잡았다. 어찌 된 일이냐고 다그쳐 물었지만, 준기는 입을 꾹 다문 채 대꾸도 안 했다. 내가 달래고 어르길 거듭했지만, 소용이 없었다. 하는 수 없이 포기하고 손을 놔주었다. 내게 잡힌 손을 툭툭 털더니 준기가 나를 똑바로 쳐다봤다. 마치 오아시스도 없는 사막에 떨어진 조난자 같은 표정이었다.

"난 이제 여자는 안 믿어."

준기는 텁텁한 모래바람을 남기고 사라졌다.

여자를 믿지 않는다는 말에서 준기가 유림이한테 얼마나 큰 상처를 받았는지 충분히 어림이 되었다.

나는 바로 유림에게 전화를 걸어서 만나자고 했다. 늦었다면서 피하려는 유림이를 다그쳐서 약속을 잡았다.

"늦은 시간에 뭐냐, 이게."

유림이는 나를 보자마자 짜증을 냈다.

"준기와 어떻게 된 거야?"

"문자로 다 알려 줬잖아."

"정말 그게 다야?"

"몇 번이나 말해."

"겨우 그 정도로……."

"겨우라니, 그건 정성이 부족한 거야. 돈을 쓰는 걸 보면 그 사람이 날 어떻게 여기는지 안단 말이야. 인터넷을 봐. 남자는 관심이 없는 여자한테는 단 한 푼도 안 쓰고, 자신이 좋아하는 여자한테는 뭐든 다 해 주려고 한다고 나와 있어. 그런데 22일을 기념해서 나는 비싼 선물을 준비했는데, 그 자식은 싸구려 선물이나 하잖아. 더구나 내가 뭐라고 하니까 황당한 반응을 하는데 내가 화가 안 나겠어?"

"준기가 널 얼마나 좋아했는데……."

"그러면 선물을 그렇게 준비하면 안 됐지."

말로 설득될 만한 유림이가 아니었다.

이러려고 나한테 매달리며 자신이 고백하게 해 달라고 했단 말인가? 그날보다 더한 배신감이 밀려들었다.

"이러려고 내가 하려던 고백을 막은 거야?"

"지나간 일로 왜 그래? 유치하게."

"유치해? 그게 너한테는 유치한 일이었어?"

말을 섞으면 섞을수록 배신감이 짙어졌다.

"그렇게 준기가 마음에 들면 네가 가져."

"뭐? 가져? 준기가 물건이야?"

화가 났다. 진심으로 화가 났다. 할 줄 만 안다면 욕을 있는 대로 퍼붓고 싶었다.

"어쭈, 도대체 준기가 너한테 뭔데 나한테 지랄이야, 지랄이!"

유림이가 눈을 부라리며 언성을 높였다.

"그렇게 남 앞길을 막고 양보를 받았으며, 최소한 책임감은 있어야 하는 거 아니야?"

"넌 연애를 책임감으로 하니?"

"누가 연애를 책임감으로 하래. 사람에 대한 책임감을 말하는 거잖아."

"아주 연애 박사 나셨네. 겁나서 고백도 제대로 못 하는 주제에 어디서……."

유림이는 선을 넘었다. 절대 넘어서는 안 될 선을 넘어 나를 공격했다. 얼굴에 열이 오르고 손이 부들부들 떨렸다.

"나는 이제 준기에게 관심 없으니까 그렇게 준기가 걱정되면 네가 잘 챙겨 줘."

유림이는 나를 한껏 비꼬고는 아파트 공동현관으로 도망치듯 들어가 버렸다. 나는 터져 나오는 분노를 힘겹게 다스려야만 했다. 한참을 씩씩거리고 있는데 공동현관문이 열리며 유림이가 고개를 삐죽 내밀었다.

"이런 질문을 지금 하기는 조금 그렇지만, 아무래도 준혁이보다는 성진이가 낫겠지? 준기를 사귀어 보니까 확실히 나는 모범생 취향이 아니야. 어때? 네 생각은?"

나는 모든 분노를 두 눈에 실어서 유림이를 째려봤다.

"화 풀리면 말해 줘. 물론 네 의견은 참고만 하겠지만……."

유림이가 사라진 뒤에 나는 한동안 그 자리에서 꼼짝할 수가 없었다. 살면서 이보다 심한 모욕은 당한 적이 없었다. 이보다 더한 배신을 겪은 적도 없었다. 아무래도 준기에게 고백하려는 나를 유림이가 막아선 것도 고의인 듯했다. 내가 잘되는 꼴을 보기 싫은 심보로 막아선 것이 분명했다. 순진한 나는 그런 엉큼한 속셈도 모르고 우정을 위해 사랑을 포기한다는 정신승리로 자신을 속였다. 두 번이나 나를 배신한 박유림을 이제는 친구로 여길 수 없었다.

나는 박유림과 절교했다. 박유림은 김성진에게 곧 고백할 것처럼 굴더니 박준혁을 놓치기 싫어서 둘을 두고 또다시 저울질을 한다는 소문이 들렸다. 준기는 조금씩 입을 열고 친구들과 어울렸지만, 여자들과는 아예 말을 섞지 않았다. 나와 수행을 같이 하는 모둠이 되었는데 처음부터 끝까지 말도 안 섞고 눈길도 주지 않았다. 준기가 겪은 아픔과 고통이 그대로 느껴지는 시간이었다. 준기는 유림이를 진심으로 좋아했고, 그로 인해 깊은 상처를 입었다. 못되고 속물인 유림이를 진심으로 사랑했다니, 유림이가 미우면서도 한편으로는 부러웠다.

그렇게 내 첫 짝사랑은 끝났다. 제대로 고백조차 못 한 채 허물어졌다. 토핑을 얹지 않고 만든 피자처럼 내 사랑은 허무하게 끝났다. 그나마 일 년씩이나 길게 짝사랑을 했으니 나름 괜찮은 사랑이라고 자신을 달랬다. 참된 위로는 되지 않았지만 나름 정신승리를 하는 데는 도움이 되었다. 그러나 믿었던 친구에게 입은 생채기는 아무리 애를 써도 제대로 아물지 않았다. 그러고 보니 나도 준기 못지않게 무서운 트라우마가 생겼다. 불신이라는 트라우마가 내게 깊은 생채기를 남겼다.

이야기를 마치고 나니 조금은 홀가분하다. 밋밋한 반죽 위로 맛깔스런 토핑이 얹어지는 것처럼 은밀하게 감춰 두었던 상처가 조금은 아무는 느낌이다. 토핑이 떨어지지 않게 조심스럽게 피자를 먹는다. 꽤나 시간이 지났지만 피자는 맛있다. 지금 쌓는 우정도 피자처럼 오래도록 그 맛을 잃지 않기를…….

죽기보다 하기 싫은 말

● 이야기꾼 _ **최서아**
● 등장인물 _ **김연지, 이지예**

"드디어 같은 학교야!"

연지와 나는 같은 중학교에 배정된 소식을 나누며 환호성을 질렀다. 나와 연지 사이를 아는 이라면 누구나 우리가 환호하는 이유를 설명하지 않아도 안다.

연지는 내 오랜 친구다. 어린이집에서 처음 연지를 만났는데 엄마들끼리 가깝게 지냈기에 나와 연지도 자연스럽게 친해졌다. 누가 누구 집에 사는지 헷갈릴 만큼 서로 집을 자주 오갔다. 내 물건이 연지 집에도 많이 있었고, 연지 물건이 우리 집에도 많았다. 우리는 단짝을 넘어 사이좋은 쌍둥이 자매나 마찬가지였다. 바로 이웃에 살았기에 초등학교도 같은 데로 갈 줄 알았는데, 연지네 집이 조금 떨어진 곳으로 이사

하면서 초등학교는 다른 데를 다녀야만 했다. 그 사실을 알았을 때 말도 못 하게 서운하고 안타까웠다. 거의 8년이 다 되어 가는 지금도 그때 느꼈던 서운함이 생생하다.

다니는 초등학교는 달랐지만 우리는 여전히 가깝게 지냈다. 틈만 나면 만났고, 금요일과 토요일 밤에는 집에서 같이 어울렸다. 내가 말없이 사라지면 우리 부모님은 당연히 내가 연지 집에 갔다고 여겼고, 연지네 부모님도 마찬가지였다. 고학년이 되면서부터는 학원이니 뭐니 하며 만나는 횟수가 줄어들긴 했지만 우리는 여전히 가깝게 지냈고, 세상에 둘도 없는 단짝이었다. 아무리 속상해도 연지와 이야기하고 나면 풀렸다. 그건 연지도 마찬가지였다.

그런 연지와 같은 중학교에 다니게 되었으니 어떻게 환호하지 않을 수 있겠는가? 같은 학교가 된 것만 해도 아주 기쁜데 1학년 때는 같은 반이 되었으니 그 기쁨은 상상 이상이었다. 우리는 함께 보내지 못한 초등학생 시절을 보상이라도 받으려는 듯 자석처럼 붙어 다녔다. 그렇다고 우리가 성격이나 취향이 비슷하지는 않았다. 우리는 많이 달랐지만, 그 다름을 서로 신기하게 여길 줄 알았다.

연지가 어떤 성향인지 잘 보여 주는 일화가 두 가지가 있는데, 둘 다 체육대회를 준비하던 과정에서 벌어졌다. 남자들은 축구, 여자들은 피구를 준비하는데 서로 연습할 때 도와주기로 했다. 남자들이 축구 연습을 할 때 여자들이 도와줄 게 거의 없었다. 멀뚱멀뚱 구경하면서 큰소리로 응원하고, 음료수나 물을 가져다주고, 간혹 멀리 나간 축구공을 찾아 주는 게 다였다. 그런데 연지는 달랐다. 남자들이 축구하는 모습을 지켜보던 연지가 연신 남자들에게 고함을 질러 댔다.

"그럴 때는 드리블을 하지 말고 패스를 하란 말이야."

"사람을 보고 차야지, 막 차면 어떡해!"

"왜 수비를 안 해! 뺏겼으면 재빨리 수비로 돌아서야지."

"야, 정지운! 너 안 뛸래?"

하도 연지가 쉬지 않고 잔소리를 해대니 남학생들이 단단히 화가 났다.

"야, 좀 조용히 해. 네가 감독이야 뭐야?"

그렇지만 연지는 조금도 물러나지 않았다.

"제대로 하면 누가 뭐라고 하냐? 실력이 엉망이니까 그렇지."

"헐, 그렇게 잘났으면 네가 해!"

"남자들만 축구를 해야 한다는 규정이 없으면 나도 축구 하지 뭐."

"어구, 그러셔요? 참 편한 핑계네."

남자들은 이기죽거리며 연지에게 시비를 걸었고, 짜증이 난 연지는 남자들끼리 하는 경기에 뛰어들었다.

남자들은 연지를 비웃으며 콧대를 납작하게 해 주겠다고 자기들끼리 낄낄거렸다. 그렇지만 결과는 남자들이 기대하는 방향과 정반대로 흘러갔다. 연지는 우리 반에서 가장 축구를 잘하는 병조한테 뒤지지 않을 만큼 엄청난 실력을 보여 주었다. 연지가 초등학교 다닐 때 남자들이랑 축구 경기를 한 얘기를 가끔 들려주어서 어느 정도 축구를 하

달콤한 파자마파티, 비밀은 없다

는 줄은 알았지만, 그렇게 잘할 줄은 나도 미처 몰랐다.

연습이 끝나자 병조는 연지한테 바짝 붙어서 연신 축구 얘기를 나누었다. 병조가 프리미어리그가 어떻고, 분데스리가가 어떻고 하면 연지는 신나게 맞장구를 쳤다. 이름도 들어 본 적 없는 낯선 외국 축구 선수 이름이 연지 입에서 줄줄이 나왔다. 마지막에 연지가 우리 반 남자들 특성에 맞는 전술을 조언하자 병조는 진지하게 의견을 받아들이기까지 했다.

연습이 끝난 뒤 병조는 곧바로 체육 선생님에게 찾아가 연지가 선수로 뛰게 해 달라고 요청했다. 고리타분한 선생님은 단박에 거절했다. 병조가 아무리 달라붙어서 졸라도 체육 선생님은 요지부동이었다. 그소식을 들은 연지는 발끈했다.

"선생님은 남자는 축구, 여자는 피구만 해야 한다는 거야? 여자 축구 리그가 활발하게 펼쳐지는 이 시대에 아직도 그런 고리타분한 생각을 하는 선생님이라니……."

병조도 마찬가지 의견이었지만 연지가 축구 선수로 뛸 방법은 없었다. 하는 수 없이 연지는 피구 선수로만 뛸 수밖에 없었다. 그 일이 있고 나서 한동안 연지는 남녀평등이 어떻고, 고정관념이 어떻고 하는 말을 입에 달고 살았다.

두 번째 사건은 피구 연습을 할 때 벌어졌다. 축구 연습을 할 때 여자들이 도왔기에 피구 연습을 할 때는 남자들이 도우미로 나섰다. 남자들이 공이 멀리 가면 챙겨다 주고, 목마르다고 하면 음료수를 가져다주기도 했다. 몇 명은 우리 틈에 끼어서 연습을 잘 할 수 있도록 도와주었다. 그러다 몇몇 남자애들이 축구에서 당한 걸 복수라도 하듯이 잔소리를 늘어놓았다.

"그걸 못 받으면 어떡하냐?"

"그때는 공을 돌려야지."

"거리를 유지해서 피해, 뭉쳐 다니지 말고."

귀가 아플 정도로 잔소리를 해대니 도우려고 있는 건지, 방해하려고 있는 건지 헷갈릴 정도였다.

"잔소리 그만하고 연습이나 제대로 하게 도와."

잔소리를 듣다 못한 혜서가 발끈했다. 연지는 자신이 했던 짓이 있기에 나서지 않고 조용히 있었다.

"어쭈, 연지가 잔소리를 늘어놓을 때는 가만히 있더니, 너희도 막상 잔소리를 들으니 듣기 싫지?"

"제대로 하면 우리가 뭐라고 하냐?"

"맞아 맞아! 실력이 엉망이니까 그렇지."

남자들은 단체로 껄쭉거렸다.

"너희가 뭐 얼마나 잘한다고 잔소리야 잔소리가……! 잘하지도 못하면서."

혜서가 대놓고 남자들에게 한 방 먹였다.

"너희 정도야 가볍게 이기지."

부회장인 영석이가 어깨를 으쓱하며 잘난 척했고, 남자들은 다 같이 과장되게 웃어 댔다.

"한판 제대로 붙을래?"

뒤로 빠져 있던 연지가 나섰다.

"어쭈, 진짜?"

"그럼 진짜지, 가짜로 피구 하냐?"

남자들은 자기들끼리 쑥덕거리더니 다들 자신만만하게 나섰다.

"남자는 왼손으로 던지기, 여자들은 두 번 살아나기, 뭐 이런 조건은 안 달 거지?"

영석이 말은 깔보는 투가 역력했다.

"누가 뭐래? 그냥 똑같은 규칙으로 해."

연지가 강하게 받아쳤다.

"살살해 달라고 하진 마라."

"공에 맞고 울지 마라!"

남자들은 낄낄거리며 한껏 여자들을 비웃었다.

"지면 어떡할 거야?"

연지가 물었다.

"우리가? 져? 에이 되지도 않을 말을."

"그러니까, 지면 어떡할 거냐고?"

"그럼, 너희가 지면 어떡할 건데?"

"바로 아이스크림 하나씩 사 줄게."

"야! 공짜로 아이스크림 사 준 댄다."

영석이가 외치자 남자들은 미친 듯이 환호성을 질렀다.

"그러니까 너희들이 지면 어떡할 거냐고?"

연지가 끈질기게 물었다.

"뭘 원하는데?"

"체육대회 끝날 때까지 우리한테 존댓말 써."

연지가 재미난 제안을 했다.

이기면 참 재밌겠다는 생각이 들었다. 물론 우리 여자들이 이길 거라는 기대는 전혀 안 했다.

"미쳤냐?"

영석이가 거세게 거부했다.

"왜? 질까 봐 겁나?"

연지가 남자들 자존심을 건드렸다.

남자들은 다시 자기들끼리 쑥덕거리더니 연지 제안을 수용했다.

"좋아! 근데 이건 우리 자존심이 걸렸으니, 경기 중에 우리가 세게 던진다고 뭐라 하지 마."

"그건 걱정 마."

"단판 승부로 끝내자!"

"그래."

그렇게 해서 남녀 대항 피구 경기가 벌어졌다.

처음에는 남자들이 압도했다. 여자들이 제대로 피하지 못하고 맞아

나갔다. 운동을 못하는 여자들은 빠르고 강력한 공에 얻어맞고 얼굴이 시뻘게지기까지 했다. 중반으로 흐르자 경기 양상이 바뀌었다. 연지가 날아다녔고, 혜서도 제법 잘했다. 연이어 남자들 가운데 운동을 못하는 애들이 나갔다. 나는 중반까지 살아남았다. 막판으로 갈수록 경기는 팽팽해졌다. 막판에 여자는 나, 혜서, 연지가 남았고, 남자는 병조와 영석이를 비롯해 네 명이 남았다.

빙빙 공을 돌리더니 영석이가 나를 향해 공을 던졌다. 엄청 강한 공에 어깨와 얼굴을 동시에 맞았다. 워낙 제대로 맞았기에 얼굴에 열이 확 올랐고, 바닥에 털썩 주저앉았다. 깜짝 놀란 연지가 황급히 나를 살폈고, 공을 던진 영석이를 비롯해 남자애들도 놀라서 어쩔 줄 몰라 했다. 남자들은 우리 편 구역으로는 못 넘어오고 선에 나란히 서서 걱정스럽게 지켜보았다.

"괜찮아?"

"응!"

나는 볼을 쓰다듬으며 일어서서 밖으로 나갔다. 남자들은 걱정스럽게 나를 봤고, 영석이는 미안해하며 손을 들었다.

그때 공은 혜나가 들고 있었다. 남자들이 내게 시선이 팔린 사이에 혜나는 그 틈을 노려 남자들에게 공을 던졌고, 공은 가장 운동을 잘하는 병조와 영석이를 동시에 맞힌 뒤에 다시 우리 편 손에 들어왔다. 여자들이 일제히 환호성을 질렀다.

"야! 뭐야?"

"이런 게 어딨어?"

남자들이 거칠게 항의했다.

"경기 중에 딴 데 보는 너희들 잘못이지."

혜나가 입을 삐죽 내밀며 항의를 무시했다.

혜나는 규칙을 어기지 않았다. 나는 자리를 잡았고, 혜나는 공을 들고 있었다. 경기는 진행 중이었으니 혜나 말이 맞았다.

"그러지 마. 쟤들은 서아가 걱정돼서 정신이 팔렸던 거잖아. 이렇게 이기면 져도 제대로 승복을 안 할 거야."

연지가 말했다.

"둘 다 들어와."

영석이와 병조가 다시 들어오면 경기는 여자들이 절대 열세에 놓이게 된다. 그런 상황이 됨에도 연지는 기꺼이 둘이 되살아나는 걸 인정한 것이다. 연지는 승리 자체가 아니라 정당한 승리가 목적이었다. 내 친구라서가 아니라 그때 연지는 꽤 멋져 보였다.

상황이 이렇게 되자 병조와 영석이는 머쓱해하며 경기에 임했다. 네 명과 두 명, 안 그래도 남자들이 더 잘하는데 숫자에서 밀리니 우리가 이기기는 힘들었다. 예상과 달리 경기가 제법 팽팽하게 전개되었지만 결국 남자들이 이겼다. 승리했지만 남자들은 이겼다고 환호하지 않았다. 우리가 사 준 아이스크림을 먹으면서도 으스대지 않았다. 연지가 대범하게 남자들 요구를 받아들인 덕분에 우리는 지고도 이겼고, 남자들은 이기고도 승리자로서 쾌감을 누리지 못했다.

달콤한 파자마파티, 비밀은 없다

그런 일이 있은 뒤로 나는 내 친구 연지가 더욱 자랑스러웠고, 내가 연지 친구인 게 무척이나 뿌듯했다. 우리 우정은 더 단단해졌고, 1학년 내내 두툼한 우정을 쌓아 나갔다. 2학년이 되면서 연지와 다른 반으로 나뉘었다. 교실도 가장 멀리 떨어져 있어서 학교에서는 점심시간이 아니면 서로 만나기도 힘들었다. 그렇다고 우리 우정이 식지는 않았다. 여전히 시간만 나면 만났고, 즐겁게 시간을 보냈다.

내 가장 가까운 친구는 연지지만 같은 반에서 어울릴 친구는 내게도 필요했다. 몇몇과 가까워졌는데 그 가운데 한 명이 지예다. 지예 첫인상은 소심함 그 자체였다. 주변을 끊임없이 살폈고, 사람 눈을 마주 보지 못했으며, 목소리에서는 기운을 찾기 힘들었다. 주눅이 들어서 자기 의견도 말하지 못 하고, 누가 부탁을 하면 거절을 못 해 쩔쩔맸다. 내가 소심한 성격을 좋아하지 않기에 가까이하고 싶은 마음이 들지 않았다. 그러다 우연한 계기로 지예와 가까워졌다.

미술 시간이었다. 잘 그리고 싶은 욕심은 크지만, 솜씨는 그에 미치지 못한 나는 미술 선생님이 내준 과제를 하는 데 애를 먹었다. 그리고 지우기를 숱하게 반복했지만 어설프고 유치한 결과물밖에 나오지 않았다. 그에 반해 내 바로 옆에 앉은 지예는 손을 대충대충 움직이는데도 놀라운 작품이 나왔다. 미술 선생님이 직접 그린 그림이라고 해도 믿을 만한 수준이었다. 그림을 잘 그리는 지예가 부럽고 예술 쪽 재능은 좁쌀 한 알만큼도 물려주지 않은 엄마 아빠에게 괜히 섭섭함까지 느꼈다. 지저분한 연필 자국과 지우개 가루로 더러워진 종이를 찢고 싶다는 충동이 일 때 작고 고운 손이 쓱 하고 나타났다.

"여기랑 여기에 선을 그어 봐."

수줍게 건네는 충고였지만, 내게는 복음이나 마찬가지였다.

"이렇게 그리란 말이야?"

"응, 그럼 구도가 잘 잡힐 거야. 처음부터 다 그리려 하지 말고. 선을 따라서."

지예가 시키는 대로 간단한 선을 그었다.

"그다음에는 어떻게 해?"

지예는 뭐라고 말을 하려다 말고 연필을 대충 잡아서 형태를 흐릿하게 잡아 주었다. 이제껏 그토록 표현하려고 애썼지만, 형태조차 갖추지 못하던 그림이 느닷없이 멋진 형상을 갖추었다.

"와! 어떻게 한 거야?"

"처음부터 너무 자세히 그리려고 하니까 안 되는 거야. 큰 윤곽을 먼저 잡아야 해. 겉으로 드러난 면이 아니라 보이지 않는 면을 보면 그림을 그리기가 훨씬 쉬워."

"보이지 않는 면을 보라고? 히히, 무슨 도덕 선생님 말씀 같네."

"내가 쫌 그래."

나는 기분을 가볍게 해 주려고 한 말이었는데 지예는 갑자기 풀이 죽은 듯 말했다.

"미안해. 너를 놀리려는 게 아니었어."

"괜찮아. 늘 듣는 소리라 이젠 아무렇지 않아."

표정이나 목소리는 아무렇지 않다는 말과는 거리가 멀었다. 지예는 나를 도왔는데 나는 지예에게 면박을 준 꼴이 되고 말았다.

"미안해."

지예는 다 죽어 가는 소리로 "응!" 하더니 자기 그림에 몸을 바짝 기댔다.

'이런 못된 최서아! 지예는 너한테 도움을 줬는데 넌 뭔 짓을 한 거야?'

지예에게 내 진심을 전하고 싶었지만 그림을 마저 완성해야 해서 수업 시간에는 그럴 기회를 잡지 못했다. 방과 후에 지예에게 접근할 기회가 생겼다. 혼자 땅만 보고 걷는 지예를 따라가서 말을 걸었다. 미안하니까 떡볶이를 사 주겠다고 했다. 지예는 살며시 웃으며 내 미안함을 받아 주었고, 맛있게 떡볶이를 먹었다. 떡볶이를 먹으며 내가 주로 떠들고 지예는 어쩌다 한 번씩 짧게 내 말을 받았다. 지예가 하는 말은 짧았지만 한마디 한마디에서 깊이가 느껴졌다. 지예는 내가 못 보는 면을 볼 줄 알았다. 연지와 함께할 때와는 결이 다른 재미였다. 연지와 지내면 마냥 신나고 즐거운데, 지예는 재미는 별로 없지만 생각이 깊어지는 기분이 들었다.

그때부터 지예와 가깝게 지냈다. 그렇다고 연지와 같은 친구는 아니었다. 교실에서 편하게 얘기를 나누고, 가끔 문자를 주고받는 수준이었다. 집에 초대하지도 않았고, 시내를 싸돌아다니며 신나게 놀지도 않았다. 그런데도 지예가 내게 끼친 영향은 컸다. 짧게라도 지예와 대화를 나누고 나면 울림이 길게 이어졌다. 기분에 따라 하고 싶은 대로 해야만 한다고 여겼던 내 신념이 지예 때문에 흔들렸다.

"아무리 싫어도 옳다면 하는 게 용기이고, 아무리 하고 싶어도 옳지 않다면 하지 않는 게 용기라고 생각해. 반항이 모두 용기는 아니고, 순종이 모두 비겁은 아니야."

내 주변에서는 어른들도 이런 말을 해 주지 않았다. 그런데 내 동갑인 지예에게 이런 말을 들으니 무척 신선했다. 지예를 만나고 세상을 바라보고 살아가는 태도가 새롭게 정렬되어 갔다. 그럴수록 나는 지예와 가까워졌다. 지예는 연지와는 결이 다르지만 오래도록 함께하고 싶은 소중한 친구가 되었다.

연지에게도 지예를 소개해 주고 싶었다. 연지와 셋이 절친이 된다면 정말 좋으리라 기대했다. 그러나 지예 얘기를 처음 꺼냈을 때 연지는 탐탁지 않은 반응을 보였다.

"별론데."

"만나면 다를 거야. 배울 점도 많고."

"너도 알잖아. 내가 진지한 척하는 애들 싫어하는 거."

"지예는 척하는 게 아니라 진짜야."

"아무튼 싫어."

평소 연지답지 않게 워낙 단호히 거절하기에 셋이 같이 어울리겠다는 계획은 접어야 했다.

그러던 어느 날 우연히 셋이 마주치는 일이 생겼다. 수업이 끝나면

늘 연지와 같이 가던 나였는데, 그날은 연지가 체육대회 준비 때문에 바빠서 지예와 같이 나갔다. 지예는 대부분 혼자였기에 꼬셔서 분식집으로 끌고 갔다. 떡볶이와 순대를 먹고 집에 가려는 지예를 또 설득해서 문구백화점으로 갔다. 돈은 별로 없어서 많이 살 수는 없었지만, 이것저것 구경하는 맛이 재미있었다. 묵묵히 따라다니던 지예는 미술 도구를 모아 놓은 곳에 가자 엄청 수다스럽게 변했다. 지예가 그렇게 많은 말을 하는 경우는 없었기에 일부러 계속 그곳에 머물렀고, 그럴수록 지예는 내가 모르는 세계에 대해 끊임없이 풀어놓았다. 들어도 잘 모르는 세계였지만 지예에게도 이런 면이 있나 싶어서 듣는 내내 신기하고 재미있었다. 한참 떠들다가 몇 가지 학용품을 사서 문구백화점을 나가려다가 연지와 마주쳤다.

"여긴, 웬일이야?"

내가 먼저 연지를 발견하고 말을 걸었다.

"웬일이긴……."

연지는 지예를 힐끗 쳐다보더니 말꼬리를 흐렸다.

그때 연지 뒤로 체육 선생님이 나타났다.

"어, 선생님! 안녕하세요."

"서아구나. 친구랑 학용품 사러 왔나 보네."

"네. 지예예요. 우리 반."

내가 지예를 선생님에게 소개했다.

"안녕하세요. 이지예입니다."

지예가 선생님에게 인사를 했다.

"그래! 얼굴은 낯이 익네."

선생님은 환하게 웃었고, 지예는 다시 한번 고개를 숙여 인사를 했다.

"체육대회 물품 사러 왔는데, 너희도 좀 도와줄래?"

선생님이 제안했다.

"그래도 돼요?"

나는 반갑게 수락했다.

"죄송하지만, 저는 일정이 있어서……."

지예가 기어 들어가는 소리로 거절했다.

조금 전까지 일정이 있다는 말은 전혀 하지 않았던 지예였다. 갑자기 일정이 생길 리가 없었다. 무슨 사연이 있는 듯했다. 그때서야 나는 지예가 연지 쪽은 쳐다보지도 못하고, 연지로부터 멀어지려고 주춤주춤 뒷걸음질을 친다는 사실을 알아챘다. 지예가 아무리 소심해도 그건 과도한 반응이었다. 연지는 내게 뭐라고 하지도 않고 문구백화점 안으로 들어가 버렸다. 연지답지 않은 행동이었다. 나는 둘 사이에 내가 알지 못하는 무엇이 있음을 알아차렸다.

연지를 따라서 체육 선생님을 돕는 것보다는 아무래도 지예와 같이 가는 게 적절해 보였다. 솔직히 연지와 어울리고 싶었지만, 지예 말처럼 그건 감정이 시키는 선택이었고, 내 이성은 지예와 함께 하라는 명령을 내렸다. 나는 예전과 다르게 감정이 아니라 이성을 따랐다.

문구백화점을 나온 뒤 지예와 함께 걸으면서 나는 궁금했던 점을 물

달콤한 파자마파티, 비밀은 없다

었다.

"너, 연지랑 아는 사이야?"

지예는 대답은 안 하고 걸음을 빨리했다. 말은 안 했지만, 행동은 내가 원하는 대답을 이미 하고 있었다.

"혹시 은석초등학교 다녔니?"

역시, 대답은 없었다. 대답이 없다는 것은 지예도 연지와 같은 은석초등학교를 다녔다는 뜻이었다.

"연지랑 심하게 다투기라도 한 거야?"

여전히 아무런 답이 돌아오지 않았다. 다퉜냐는 질문에 답을 하지 않았다고 해서 둘이 다퉜다고 판단을 내릴 수는 없었지만, 나는 그랬다고 결론을 내렸다. 그게 아니면 이 상황을 설명하기 힘들었기 때문이다.

"다툰 거 맞지?"

지예 걸음이 더 빨라졌다. 쫓아가면서 말을 하기가 벅찰 정도였다.

"연지가 좀 성깔이 있기는 해도 괜찮은 친구야."

나는 지예 입을 열기 위해 안간힘을 썼다.

"누가 잘못을 했던 싸운 건 과거고, 이제 시간도 많이 흘렀으니까 그렇게까지 서로 피할 이유는 없지 않을까?"

벽을 보고 얘기해도 이보다는 낫겠다 싶었다. 서서히 지쳐 갔다.

"먼저 화해하자고 말을 걸면 연지도 가볍게 받아 줄 거야. 네가 못하겠으면 내가 연지한테 부탁할게. 내가 연지랑 십년지기 친구잖아. 나는 누구보다 연지를 잘 알아.”

갑자기 지예가 우뚝 멈춰 섰다. 그러고는 나를 빤히 봤다. 지예를 만난 뒤 처음 보는 강렬한 눈빛이었다.

“정말 연지를 다 안다고 생각해?”

목소리도 보통 때와 사뭇 달랐다. 미처 다 억누르지 못한 분노가 떨림으로 비집고 나왔다.

“그럼!”

나는 자신 있게 답했다. 그 질문을 지예가 아니라 그 누가 했다 해도 내 대답은 똑같다. 나는 연지를 잘 알고, 연지는 둘도 없는 내 친구다.

“나보다 연지를 잘 아는 사람은 없어. 엄마들도 우리를 쌍둥이 자매보다 친하다고 했을 정도야.”

나는 자신감 있게 대꾸했다.

“네가 정말 연지를 다 안다고 생각해?”

연지는 똑같은 질문을 또 했다. 같은 답을 하려다 지예 표정을 보고 말을 삼켰다.

사람을 다 안다는 게 뭔지 불분명했다. 내가 연지를 속속들이 알기는 한다. 다른 사람에게 질문을 받았다면 망설이지 않고 다 안다고 했겠지만, 지예가 연거푸 같은 질문을 하니 선뜻 그렇다고 답하기 꺼려졌다. 아무래도 연지와 지예 사이에 말 못 할 비밀이 있는 듯했다.

“너, 연지와 무슨 일이 있었지?”

내가 다시 지예에게 물었다.

달콤한 파자마파티, 비밀은 없다

그러나 지예는 이번에도 내가 원하는 답을 하지 않았다.

"그건 네 절친에게 물어봐. 그렇게 친하니 제대로 얘기해 주겠지."

지예는 쌀쌀맞게 대꾸하고는 다시 빠르게 걸음을 옮겼다. 나는 지예를 따라가지 않았다. 심성이 곱고 성격이 순한 지예가 저렇게까지 나오는 걸 보면 둘 사이에 심각한 일이 있던 게 분명했다. 그게 무엇인지 알려면 지예보다는 연지에게 물어보는 게 나았다. 연지는 내 절친이고, 우리는 아무것도 서로에게 숨기지 않기 때문이다. 우리 사이에 비밀은 없었다. 우리는 서로에게 거짓말을 절대 하지 않기로 맹세했다. 가끔 엄마에게는 거짓말을 해도 연지에게는 거짓말을 하지 않았다. 연지도 나와 같았다.

나는 곧바로 연지에게 전화를 걸어서 물었다.

"별일 아니었어. 그냥 서로 성격이 좀 안 맞았어."

연지는 아무렇지 않게 넘기려 했다. 그러나 지예가 보인 날카로운 반응은 성격이 안 맞았다는 이유가 충분한 설명이 아님을 확신케 했다.

"연지야, 우리 친구지?"

"당연히. 둘도 없는 절친이지."

"우리끼리 비밀은 없어."

"당연히."

"네가 무슨 말을 하든 나는 널 믿어. 너는 날 믿니?"

"내가 널 안 믿으면 누굴 믿겠어?"

"그러니까 말해 봐. 지예와 무슨 일이 있었는지."

"말했잖아. 서로 안 맞았다고."

"그러니까 어떻게 안 맞았는지 자세히 말해 달라고."

"지예랑 요즘 가깝게 지내니 너도 지예가 어떤지 알잖아."

가만히 따져 보니 그렇긴 했다. 지예와 연지는 성향이 정반대였다. 내가 둘이 친하게 지내기를 바랐지만 깊이 따져 보니 물과 기름처럼 어울리기 어려울 거라는 결론은 이미 내렸다. 지예는 매사에 진지하고 신중하다. 연지는 정반대다. 나도 연지랑 지내면서 연지 성향에 많이 동화되었지만, 연지가 지닌 에너지는 나와 견줄 수 없을 만큼 강하다. 그런 성향이 안 맞아서 서로 부딪쳤을 수 있겠다 싶었다. 그러나 과연 지예가 연지와 싸웠을까? 웬만한 남자들보다 축구를 잘할 만큼 운동 능력이 뛰어나고, 친구들도 엄청 많고, 감정을 있는 그대로 강하게 드러내는 연지를 상대로 소심한 지예가 싸움을 벌이는 장면은 상상하기 쉽지 않았다.

"솔직히 걔 얘기는 하기 싫어. 초등학교 다닐 때 유일하게 짜증 났던 애니까."

드디어 연지다운 반응이 나왔다.

"너도 잘 생각해. 걔가 철학자나 된 듯이 멋진 말을 많이 하고 순진한 척하니까 멋져 보이지만, 속은 전혀 그렇지 않으니까. 웬만하면 가깝게 지내지 마."

연지가 그렇게까지 충고를 하니 갑자기 혼란스러워졌다.

"체육 선생님이 부르시네. 나중에 더 얘기하자."

전화를 끊고 생각을 정리하려고 했지만, 뒤죽박죽된 생각과 감정은 좀처럼 깔끔해지지 않았다. 무엇을 어떻게 해야 할지 종잡을 수도 없었다. 키 작은 생쥐가 되어 통로를 찾을 수 없는 미로에 갇힌 기분이었다. 다른 때 이런 고민이 생기면 연지와 상의를 하면 풀렸는데, 연지와 얽힌 문제다 보니 상의할 상대가 아무도 없었다. 연지 문제로 다른 친구들과 함부로 상의할 수도 없었다. 그건 연지를 배신하는 짓이나 마찬가지였다. 그렇다고 엄마와 상의하기도 어려웠다. 엄마는 연지 엄마와 오랫동안 가깝게 지내는 사이라 엄마와 상의하면 곧바로 연지 엄마를 통해 연지 귀에 들어갈 게 뻔했기 때문이다. 내 인생에 가장 심각한 문제가 닥쳤는데 아무와도 상의하지 못하는 현실이 막막하고 답답했다.

밤에 연지와 다시 통화를 했지만, 일부러 지예 얘기는 꺼내지 않았다. 우리는 여느 때와 다름없이 가볍게 수다를 떨었고, 훈훈한 웃음으로 대화를 마무리지었다. 연지와 통화를 하고 나자 혼란이 어느 정도 가라앉았다. 나는 연지 친구다. 연지는 둘도 없는 내 친구다. 내가 연지를 믿지 않으면 누구를 믿겠는가? 연지와 보내는 시간은 내 인생에서 가장 빛나고 소중하다. 나는 단순하게 생각하기로 했다. 지예는 연지와 상극이다. 단지 그뿐이다. 그렇게 결론을 내리니 조금 전까지 나를 짓누르던 고민은 솜털처럼 가벼워졌다.

솜털이 되었던 고민은 다음 날, 다시 무거워졌다. 지예가 다른 말을 해서도 아니었다. 연지가 내 짐작과 다른 말을 해서도 아니었다. 그 어떤 말이 아니라 지예가 몸으로 보여 주는 반응 때문이었다.

연지는 체육대회 진행 요원이었고, 반별 예선을 치르다 보니 자연스럽게 지예와 연지가 마주치게 되었다. 연지는 아무렇지 않게 행동했는데 지예는 달랐다. 연지와 의도치 않게 가까워질 때마다 깜짝깜짝 놀랐다. 어떡하든 연지와 거리를 멀리하려 했고, 연지 쪽으로는 시선을 두려고도 하지 않았다. 처음에는 그냥 연지를 꼴 보기 싫어해서 그러나보다 했는데 자세히 살필수록 단순히 싫어하는 것이 아니라는 걸 알수 있었다. 그러나 그 감정이 무엇인지는 쉽게 알아차리지 못했다.

체육대회가 다가올수록 연지는 각 반을 자주 돌아다녔고, 그런 연지를 볼 때마다 지예는 멀리 피하려고 애를 썼다. 마치 포식자를 피하려는 초식동물 같았다. 그렇다면 지예가 느끼는 저 감정은 두려움이라는 말인데, 지예가 도대체 왜 연지를 두려워한단 말인가? 지예가 연지에게 대들었다가 호되게 당하기라고 했던 걸까? 연지 성격을 고려하면 충분히 그럴 만했다.

어떡하든 멀어지려고 애쓰는 지예가 안쓰러웠다. 연지가 두려워해야 할 존재로 여겨지는 것은 싫었다.

"연지는 그렇게 나쁜 애가 아니야."

어렵게 기회를 만들어 지예를 설득했다.

"운동도 좋아하고 감정을 앞세워서 조금 과격해 보일 때도 있지만, 속은 순하고 착해. 그건 십 년 동안 같이 지낸 친구로서 보증해. 네가 연지와 어떤 일이 있었는지는 모르지만, 그렇게 피하려고 애쓰지 마. 보기 안쓰러워."

달콤한 파자마파티, 비밀은 없다

나는 정성을 다해 설득했다.

지예는 가만히 듣다가 주먹을 꽉 쥐더니 나를 정면으로 응시했다. 그동안 내게 말하지 않았던 비밀을 털어놓으려고 결심한 듯했다. 반가운 반응이었다. 그러나 지예가 털어놓은 얘기는 나를 더 깊은 혼란으로 빠뜨리고 말았다.

"나는 연지와 싸운 게 아니야. 그냥… 당했어."

"당하다니…, 그게 무슨 말이야?"

"연지가 나를 괴롭혔다고."

"……."

뒤통수를 망치로 얻어맞은 충격이었다.

"학교폭력이라고 하면 알아듣겠니?"

믿을 수가 없었다.

"대놓고 괴롭히진 않았어. 아무도 모르게 나와 단둘이 있을 때만 은밀히. 그래서 아무도 몰라. 워낙 인기도 많고 선생님들도 좋아하는 애라 내가 당한다는 사실을 호소할 데도 없었어."

나도 모르게 고개가 좌우로 움직였다.

"지나가다 슬쩍 발을 밟고, 꼬집고, 급소를 찔러 댔어. 나는 고통스러운데 아무도 알아차리지 못했어. 귓엣말로 들은 욕은 셀 수도 없어. 그러면서도 흔적은 하나도 남기지 않았어. 학교폭력을 하는 애들이 흔히 하는 문자 테러나 사이버 왕따는 시도조차 하지 않았어. 심지어 동조자도 만들지 않았어. 철저히 혼자서, 비밀스럽게 나를 괴롭혔어. 같은 반으로 지내는 6학년 내내 괴롭힘은 끊어지지 않고 이어졌어. 그러니 어디다 대고 하소연도 못 하고 미쳐 버리는 줄 알았어."

믿기 힘든 말이었다. 믿을 수 없었다. 연지가 그렇게 잔인한 짓을 했다니, 거짓말이다. 절대 사실일 리가 없다.

"같은 중학교에 배정이 되었을 때 얼마나 두려웠는지 알아? 반 배정 결과가 나올 때까지 내가 얼마나 떨었는지 너는 상상도 못 할 거야. 연지와 다른 반이 되었을 때 정말 기뻤어. 다른 반이니 은밀히 괴롭히지는 못할 테니까. 만약 괴롭히려면 흔적이 남을 거니까. 흔적만 남기면 그대로 학교에 고발해 버릴 거라고 단단히 결심했어. 그러나 다행인지 모르겠지만 그런 일은 일어나지 않았어. 연지는 나란 인간은 알지도 못한다는 듯 굴었고, 나는 연지가 멀리서 보이기만 해도 피했으니까. 그러다 너와 가까워지고, 네가 연지 절친이라는 사실을 알고 기겁을 했어. 너랑 가까워진 걸 후회하면서도 네가 좋아서 멀리할 수 없었어. 너랑 가까워지면 연지가 나를 어떻게 못 하리란 기대도 했고."

나는 아무런 대꾸도 할 수 없었다. 그러나 내 표정과 몸짓은 내 속생각을 정직하게 드러내고 있었다. 지예는 나를 골똘히 살피더니 입술을 지그시 깨물었다.

"그래, 너도 믿지 않을 줄 알았어. 그래서 내가 아무 말도 안 했던 거야. 너는 역시 연지 절친이니까. 너는 내가 아니라 연지를 더 믿을 테니까."

지예는 벌떡 일어나더니 말릴 새도 없이 가 버렸다.

달콤한 파자마파티, 비밀은 없다

워낙 충격이 커서 그 자리에서 한동안 꼼짝도 못 했다. 설마 내 절친이 학교폭력 가해자란 말인가? 인생을 공유해 온 친구가 나를 감쪽같이 속이고 만만한 약자를 괴롭혔단 말인가? 믿고 싶지 않았다. 아니 사실이 아니라고 확신했다. 지예와 가깝게 지내지 말라는 연지 말도 떠올랐다. 순진해 보이는 겉모습에 속지 말라는 경고를 믿어야 할지 말아야 할지 혼란스러웠다.

어쨌든 연지에게 사실 확인을 해야만 했다. 그냥 모른 척 넘어가기에는 지예가 털어놓은 비밀이 너무 무거웠다.

"속지 말라고 그렇게 경고했는데, 너도 참."

"그러니까 사실대로 말해 달라고."

"장난 좀 쳤어. 6학년 때 내가 한참 운동에 빠져서 지낸 건 너도 기억하지?"

"그래. 알아. 날마다 남자애들과 축구하고 나서 몇 대 몇으로 이겼네 어쩌네 하면서 떠들어 댔었잖아."

"그때 내가 조금 에너지가 넘쳤어. 그래서 이런저런 장난을 많이 치고 다녔어. 그때 같이 다니던 남자애들에게도 확인하고 싶으면 해 봐. 남자애들도 나를 여자라고 봐주지 않고 장난을 쳤고, 그 바람에 조금 과격하게 놀다가 선생님께 야단도 몇 번 맞았고."

이미 내가 알고 있는 사실이었다. 그때는 나한테까지 남자애들과 놀 때처럼 심하게 장난을 쳐서 그러지 말라고 요구하기도 했다.

"그런 장난을 지예에게도 조금 쳤을 뿐이야. 그걸 걔가 학교폭력으로 받아들였다면 나로서는 할 말이 없어. 그때 그게 그렇게 싫었다면 나한테 말했어야지. 그랬다면 나도 장난 안 쳤어. 맨날 멋진 척, 철학자인 척하는 꼴이 보기 싫어서 몸 장난을 걸기는 했지만, 맹세코 괴롭힌 적은 없어."

'맹세코'란 낱말이 연지가 하는 말을 신뢰하게 했다.

"걔가 예민하게 반응한 거야. 그걸 모른 채 장난을 친 게 그렇게 큰 잘못이라면 뭐 그건 인정할게. 나는 걔가 그런 오해를 한다는 사실조차 몰랐어. 그게 오해였던 뭐였든 간에 네가 사과하라고 하면 지금이라도 사과할게."

연지가 그렇게 나오니 나로서는 연지를 믿지 않을 이유가 없었다. 모든 게 이해되었다. 성향 차이와 오해로 인해 빚어진 문제였다. 둘을 화해시켜야 할까? 그러기는 힘들 듯했다. 그렇지만 지예가 쌓아 온 오해는 풀어 주고 싶었다. 잘 지낼 수는 없겠지만 연지만 보면 피하고 두려워하는 트라우마에서는 벗어나게 해 주고 싶었다.

나는 다시 지예를 만나 연지가 한 말을 최대한 부드럽게 바꿔서 전했다. 오해를 풀게 하고 싶다는 내 의도도 분명히 밝혔다. 내 설명을 다 들은 뒤에 지예는 아무 말도 하지 않고 가만히 있었다. 자기가 잘못 생각했던 걸 선뜻 받아들이지 못한 듯했다.

"그때 연지가 좀 왈가닥이었어. 나도 몇 번 짜증이 났고. 그러니까 너는……."

"저기!"

달콤한 파자마파티, 비밀은 없다

지예가 내 말을 툭 끊었다.

"왜?"

"지금 우리 집에 같이 갈래?"

뜬금없는 제안이었다.

"너희 집에?"

"응."

"왜?"

"보여 줄 게 있어."

"뭔데?"

"가 보면 알아."

"지금 설명해 주면 안 돼?"

"시간 없는 거야?"

"그렇진 않지만."

"그럼 같이 가 줘. 보면 알게 될 거야."

나는 영문도 모른 채 지예 집으로 따라갔다. 지예는 집으로 들어가자마자 방문을 걸어 잠그더니 침대 밑 은밀한 곳에서 쇠로 된 상자를 꺼냈다. 그 상자는 굵은 자물쇠가 채워져 있었다. 가방에서 열쇠를 꺼낸 지예는 자물쇠를 풀더니, 수십 권이나 되는 공책을 꺼냈다.

"그게 뭐야?"

"내 일기장."

그러고 보니 공책 겉면에 언제부터 언제까지 쓴 일기인지 표시가 되어 있었다.

"네 일기장을 왜 나한테 보여 주는 건데."

"읽어 보라고."

"일기장을?"

"이 일기를 읽고도 믿고 싶지 않으면 그래도 돼. 아무튼 읽어 봐."

지예는 일기를 뒤적이더니 6학년 초기에 쓴 일기장을 내게 건넸다.

남이 쓴 일기는 연지 것 외에는 읽어 본 적이 없었다. 우리는 일기를 쓰지 않는 나이가 될 때까지 서로가 쓴 일기를 아무렇지 않게 봤다. 엄마가 볼 때는 짜증을 냈지만, 연지가 내 일기를 보는 것은 괜찮았다. 그만큼 나와 연지는 가까웠고, 서로를 신뢰했다.

깔끔한 글씨로 빼곡히 쓴 일기가 옛 기억을 떠올리게 했다. 글씨가 깔끔하고 정갈해서 쉽게 읽혔다. 글솜씨도 빼어나서 읽는 맛이 났다. 몇 쪽을 넘기자 연지 얘기가 나왔다. 그때부터 읽기가 쉽지 않았다. 첫 장면부터 잔인한 괴롭힘이 세세하게 묘사되어 있었기 때문이다. 연지가 어떻게 했는지 눈앞에서 보고 있는 듯했다. 지예가 겪는 고통이 그대로 느껴졌다. 그런 일기가 한두 날이 아니었다. 학교에 가는 날마다 괴롭힘을 당했고, 하루에도 수차례나 은밀한 폭력이 이어졌음을 생생히 묘사했다. 연지가 말했던 몇 차례 심한 장난 수준이 아니었다. 은밀하고 치밀하며 잔인한 폭력이었다. 6학년이 끝날 때까지 폭력은 끝나지 않았다.

연지와 같은 중학교에 배정된 날에 쓴 일기는 거의 공포소설에 가

달콤한 파자마파티, 비밀은 없다

까웠다. 지예가 얼마나 연지에게 공포를 느끼는지 묘사가 너무나 적나라해서 나조차 두려움이 느껴졌다. 중학생 때 쓴 일기에도 연지는 드물지만 계속 등장했다. 나와 만난 대목도 일기에 그대로 기록되어 있었는데 내 기억과 조금도 차이가 없었다. 지예가 나에 대해 느끼는 감정도 솔직하게 표현되어 있었다. 일기에 적힌 연지에 관한 이야기가 거짓이라고 믿을 만한 근거는 없었다. 연지에 대해서만 꾸며서 썼을까? 그럴 이유는 희박했다. 괴롭힘을 당한 상황에 대해 워낙 자세하게 써 있어서 거짓으로 보기 힘들었다.

"이제 내 말이 진실이라는 걸 믿겠니?"

나는 아무런 대꾸도 할 수 없었다. 일기는 내게 진실로 다가왔다. 그렇지만 연지에게도 어떤 사연이 있으려니 하는 한 가닥 희망을 차마 없앨 수는 없었다. 왜냐하면 연지는 내 소중한 친구기 때문이다.

"여전히 못 믿겠어?"

"믿어."

고통스러운 대답이었다.

"고마워."

진심이 묻어났다.

"그리고, 연지한테 가서 따지지는 마. 나는 너만 믿어 주면 돼. 이제껏 아무에게도 털어놓지 못했어. 아무도 믿어 주지 않을 것 같아서. 이 일기는 너한테 처음 보여 주는 거야."

"내가 그동안 믿어 주지 못해서 미안해."

"괜찮아."

"연지에게 어떤 사연이 있는지 모르지만, 어쨌든, 난 연지 친구고, 그러니까, 친구로서 사과할게."

내 말을 들은 지예 눈시울이 붉어지더니, 곧이어 눈물이 또르르 떨어졌다. 그 눈물은 지예가 진실한 사람임을 드러내는 증거인 듯했다.

"그년 일기에 그렇게 써 있었다고?"

조심스럽게 말을 꺼냈는데 연지는 짜증을 버럭 내며 '그년'이란 욕부터 내뱉었다. 오랜 시간 연지와 같이 해 왔지만, 연지 입에서 욕이 나오는 건 처음 들었다. 연지는 얼굴이 시뻘게지더니 화를 삭이지 못했다.

"그래, 내가 그랬어."

내심 부정하기를 바랐는데, 순순히 인정하니 도리어 착잡했다.

"그 쌍년이, 얼마나 재수 없게 굴었는지 알기나 해?"

연지는 감정이 점점 더 격해졌다.

"그때 우리 반 애들이 그년을 전부 싫어했어. 모두 그년을 미치도록 싫어해서 그년을 어떻게 해 버리고 싶어 했어. 그렇지만 그 학교폭력이란 딱지가 무서워 다들 참았던 거야. 내가 어떻게 했냐고? 그래 가끔가다 꼬집어 주고, 발도 밟아 주고, 욕도 해 줬어. 그 정도로 신호를 했으면 잘난 척은 그만할 만도 한데, 눈치도 없이 6학년 내내 꾸준히 그랬어. 그때 우리 반 애들한테 물어봐. 얼마나 그년이 재수 없었는지 줄줄이 털어놓을 테니까. 그런 재수 없는 년은 내가 살면서 처음 봤어. 지가 잘나면 얼마나 잘났다고, 툭하면 나대고, 멋진 척하고. 주변 애들을 깔봤는지……. 생각만 해도 짜증이 나. 눈치는 얼마나 또 없는지 애들이 그렇게 하지 말라고 하는데도 계속 나대고…, 너도 그 꼬락서니를 봤으면 나한테 뭐라 못 할 거야."

"그렇다고 그렇게 괴롭힌 게 정당하다는 거야?"

"그럼 안 돼? 모두를 짜증 나게 하는데 그럼 안 되냐고. 나 혼자가 아니라 반 전체를 짜증 나게 하는데 그럼 안 되는 거야?"

"그럼 누가 너한테 짜증 나고, 너보다 힘이 세면, 너를 괴롭혀도 된다는 거야? 정말 그렇게 생각해?"

"나는 반을 대표해서 징벌했을 뿐이야."

"그 권한을 누가 너한테 줬는데?"

"그걸 꼭 누가 줘야 해? 내가 희생을 한 거야. 누구는 뭐 좋아서 그런 줄 알아?"

"처음 몇 번은 그렇다 쳐. 나중에라도 나쁜 짓인 줄 알았으면 멈췄어야지."

"계속 나대는데 내가 왜 멈춰?"

"너는 정말 네가 잘했다고 생각하는 거야?"

"누가 잘했대! 네 말처럼 내가 나쁜 짓 했어. 그럼 그년은 뭔데? 그년 때문에 고통받은 반 애들은 다 뭐냐고."

"잘난 척하는 게 그렇게 잘못이야? 철학자인 척 멋있는 말을 하고, 선생님에게 인정받는 말을 하는 게 그렇게 잘못이냐고."

"그것 때문에 선생님이 우리를 얼마나 멍청이 취급을 한 줄 알아? 그년만 아니었으면 선생님께 우리가 그런 취급을 당할 이유가 전혀 없었어."

"그게 어떻게 지예 잘못이야. 네 말대로라면 선생님이 잘못한 거지."

"그럼 선생님께 따질까? 그랬다간 무슨 꼴을 당하려고."

"그거 봐. 그러니까 넌 만만한 지예한테 화풀이를 한 거야. 왜 그걸 인정 못 하는데? 내가 뭐 네가 완벽한 인간이기를 바라는 거야? 그냥 그때 화가 나서 잘못을 저질렀고, 잘못했으니까 반성한다고 하면 되는데, 왜 그걸 끝까지 잘했다고 고집하냐고?"

"그년 때문이니까 그렇지! 너도 지금 그렇잖아. 십 년이나 함께 지낸 나를 그년 때문에 믿지 못하잖아. 내가 그랬지. 그년 믿지 말라고."

"지금 지예 얘기가 아니잖아. 네 잘못을 그냥 인정하면 끝나는데 왜 그걸 못 해서 이 난리를 치는 거냐고."

"난리를 치게 만든 게 누군데 나한테 뒤집어씌워? 화를 내려면 지예 그년한테나 가서 화를 내."

무슨 말을 해도 설득이 되지 않았다. 내가 아무리 좋게 말해도 연지는 받아들이지 않았다. 언성을 높이며 몰아붙여도 마찬가지였다. 연지는 고집불통이었고, 잘못을 인정할 기미를 보이지 않았다. 처음으로 친구와 싸웠고, 친구가 된 지 10년 만에 처음으로 우리는 우정이 깨질 위기에 몰리고 말았다.

내가 알던 김연지가 아니었다. 내가 모르는 낯선 김연지가 내 앞에 있었다. 도대체 그동안 내가 만난 김연지는 누구였을까? 연지가 지예를 괴롭혔다는 사실보다, 연지가 잘못을 인정하지 않고 고집을 부린다는 사실보다, 내가 알던 연지가 아닌 낯선 연지가 내 앞에 서 있다는 사실이 나를 더 괴롭게 했다.

십 년을 같이 보냈으면서 연지가 이런 면이 있었다는 걸 처음 알다니, 그 이중성에 심한 배신감을 느꼈다. 피구를 할 때 보여 줬던 그 정정당당함은 다 어디 가고, 어쩌다 비겁하고 잔인한 연지가 내 앞에 있는 걸까? 내가 너무 좋은 면만 보고 이런 면을 보지 못하고 살았던 걸까? 아니면 연지가 내 앞에서 철저하게 가면을 썼던 걸까? 그 어떤 결론도 섣불리 내리지 못했다. 확실한 점은 우리 우정에 깊은 금이 갔다는 사실이었다.

연지와 우정이 완전히 끊어지지는 않았다. 십 년을 쌓아 온 우정이 단번에 끊어질 수는 없었다. 그러나 다시 연지와 예전처럼 가까워질 거라는 장담은 할 수 없었다. 무엇보다 배신감이 이루 말할 수 없었기에, 그게 해소되기 전까지는 다시 우정을 회복하기는 어려웠다. 둘 사이에 어색함이 흘렀고, 엄마들과 함께하는 자리에서 둘이 무슨 일이 있냐는 소리까지 들었다.

부모님들이 알아채는 건 시간문제였다. 강제로 들키기 전에 우리끼리 빨리 해결해야만 했다. 그러려면 다시 솔직하게 터놓고 얘기를 나눠야만 했다. 어쨌든 연지와 보낸 긴 시간은 내게 버릴 수 없는 소중한 추억이기 때문이다. 십 년이란 세월을, 내 소중한 어린 날을 공유한 친구를 함부로 내버릴 수는 없었다.

이제 곧 풀어야겠다고 마음을 먹고 있는데, 연지네가 갑자기 해외로 떠난다는 소식이 들렸다. 연지 아빠가 직장 사정으로 인해 급작스럽게 해외 파견을 나가야 했고, 연지도 같이 떠나 버린 것이다. 워낙 급박하게 일이 전개되는 바람에 제대로 이야기도 나누지 못했다.

연지는 그렇게 헤어지면 안 되는 친구였다. 연지가 한때 나쁜 짓을 했든 안 했든, 나에게는 소중한 친구인데, 그렇게 떠나보내면 안 되었다. 내게 남은 이 깊은 배신감을 해결하지 않고 떠나보내서는 안 되었다. 연지는 정말 자신이 잘못했다는 사실을 인정하기 싫었을까? 연지는 자신이 잘못했다는 말을 죽기보다 하기 싫었을까? 아니면 내가 자신이 아니라 지예 편을 든 것을 '배신'으로 받아들였을까? 어쩌면 그럴지도 모른다. 내가 연지에게 배신감을 느꼈듯이 연지도 내게 배신감을 느꼈는지도 모른다. 연지가 떠난 뒤에야 그런 생각이 들다니 무척 안타까웠다.

그러나 아무리 생각해도 연지는 잘못했다. 처음에 내가 물었을 때 진실을 털어놓지 않고 장난을 쳤다고 속인 것도 잘못이었다. 나중에라도 자기 잘못을 솔직히 인정하지 않은 것은 자신을 믿어 준 내 신뢰를 저버린 짓이었다. 이래저래 10년 우정은 속절없이 무너져 버렸다. 우리 우정은 영원하리라 믿었는데, 그렇게 허무하게 무너지다니, 인간관계라는 게 이렇게 깨지기 쉽다는 사실이 선뜻 받아들이기 힘들었다.

달콤한 파자마파티, 비밀은 없다

다시 연지와 같은 관계를 만들 수 있을까? 아마 불가능할 것이다. 어린 시절부터 쌓아온 그 순수한 우정은 영원히 불가능할 것이다. 곰곰이 따지고 보니 그것이 내겐 남은 가장 큰 상처였다.

그러고 보니 지금 먹는 피자는 연지와 집에서 놀 때 자주 시켜 먹던 피자다. 토핑도 같고, 크기도 같다. 겉모양뿐 아니라 맛도 변함없다. 그러나 그때와 같은 즐거움은 없다. 그때는 피자를 한입 물고 서로 눈만 봐도 웃음이 저절로 나왔다. 지나고 보니 그때가 참 꿈 같은 시절이었다. 피자와 입 사이로 치즈가 길게 늘어진다. 그걸 보고 연지가 깔깔거리는 소리가 들리는 듯하다.

이것은 흔한 이야기다

- 이야기꾼 _ **신재희**
- 등장인물 _ **이현영, 하승미, 김미란, 박주은, 송난주, 전하얀**

여학생끼리 여럿이 무리를 지어 재미있게 지내다 오해와 갈등이 생기고, 다툼이 일어나면서 무리는 깨지고, 새로운 관계로 넘어간다. 그 와중에 상처를 입거나 소외를 당하는 사람도 있고, 서로 철천지원수로 남는 경우도 생긴다. 전국 수많은 학교에서 벌어지는 일이고, 나 자신도 초등학교에서 이미 숱하게 봐 온 장면이었다. 워낙 흔한 일이라 가볍게 넘어가도 될 만한 사건이지만, 바로 그 흔해 빠진 사건이라는 점 때문에 나는 더 깊은 아픔을 느꼈다.

그 이전까지 그런 일에 휘말리는 당사자가 되리라고는 전혀 예상치 못했다. 누구라도 겪을 만한 일이기에 당연히 나도 겪을 수 있는 일인데, 나는 행운을 행운으로 여기지 않고 당연함으로 받아들이다가 강하게 뒤통수를 맞은 것이다. 이 사태를 겪으며 인생은 확률임을 확실히 깨달았다. 흔하게 벌어지는 불행이라면, 나도 그 불행에 휘말릴 가능성은 늘 존재하기 마련이다. 일어날 확률을 희박하게 하거나 없애지 않으면서 나에게는 벌어지지 않으리라고 기대하는 것은 복권 당첨을 기대하는 심리와 마찬가지로 어리석다.

　중학교 1학년이 되면서 나는 여자애들 여섯 명과 어울렸다. 내 이름은 신재희, 함께 다닌 친구들 이름은 하승미, 김미란, 박주은, 송난주, 전하얀, 이현영이다. 등장인물이 많은데 굳이 다 기억하지 않아도 된다. 그냥 이현영이란 이름만 기억하면 내 이야기를 이해하는 데 아무런 어려움이 없다. 그때 당시 우리 반 여학생이 총 14명이었으니 정확히 절반이 우리 무리에 속했다. 14명 중 7명이 몰려다니니 아무도 우리를 건드리지 못했다. 선생님 눈 밖에 나지 않는 선에서 우리는 마음껏 자유를 누렸다.

　1학기에는 아무 탈이 없었다. 학교에 가는 아침이 즐거웠고 친구들과 어울리면 웃음이 끊이지 않았다. 여름방학이 지나고 2학기가 되면서 우리 사이에 묘한 분위기가 형성됐다. 분위기가 달라졌지만, 그 정체가 정확히 무엇인지 나는 눈치채지 못했다. 그러나 모였을 때 웃음이 나오는 횟수가 점점 줄어드는 것을 느낄 수 있었고, 그것은 뭔가 불길함을 예고하고 있었다. 왜 그런 느낌이 드는지 원인을 찾으려고 시도했지만, 나로서는 알 도리가 없었다. 뚜렷한 근거도 없으면서 불길한 예감에 사로잡혀 지내는 시간이 꽤 길게 이어졌다.

수면 아래에 잠복했던 문제가 위로 솟아오른 계기는 사소한 말꼬리 잡기였다. 우리끼리 지내면서 숱하게 나눴던 장난스러운 대화였는데 이상하게도 그 순간에는 장난으로 끝나지 않았다. 그것은 마치 도미노를 이루는 첫 조각과 같았다. 첫 조각이 넘어지자 숨어 있던 문제가 연쇄반응을 일으키며 매서운 폭발로 이어졌다.

첫 도미노 조각을 넘어뜨린 당사자는 난주였다. 아니 승미라고 해야 하나?

"끈 색깔이 좀 그렇지 않냐."

승미 후드에 달린 끈을 난주가 툭 쳤다. 기분 나쁜 말투도 아니었고, 다분히 장난기가 가득한 행동이었다. 이런 장난이 걸리면 서로 옷차림을 가볍게 트집 잡으면서 서로 깔깔거리고 웃고 넘어간다.

"잘난 척은."

승미가 살짝 날카롭게 반응했다. 그렇다고 크게 튀는 반응은 아니었다. 대화에 욕설을 아무렇지 않게 섞어서 쓰는 우리 사이에서 '잘난 척'이란 표현이 감정을 상하게 하는 수준은 아니었다.

"파란 바탕에 빨간 끈이 넌 안 이상하냐?"

난주가 그렇게 말하니 색이 좀 튀는 느낌도 들었다. 그렇다고 어울리지 않는 색깔 조합은 아니었다.

"패션 전문가 나셨네."

그동안 우리는 옷차림을 두고 그런 식으로 서로 비꼬는 경우가 많았다. 따라서 낱말 조합만 놓고 보면 기분 상해 가며 시비가 붙을 만한 수위는 아니었다. 문제는 말투였다. 말투가 불쾌함을 자극했다. 내가 듣기에도 거슬렸다. 이건 장난스러운 다툼이 아니라 대놓고 시비를 걸려는 의도가 분명했다.

"그 말투 뭐냐?"

난주가 눈을 치켜떴다.

"말투가 어때서?"

승미도 지지 않고 맞섰다.

"지금 시비 거는 거잖아?"

난주 목소리가 올라갔다.

"누가 먼저 시비를 걸었는데 그래?"

승미도 같이 목소리를 높였다.

"그럼 색깔이 이상한데 이상하다고도 못 하나?"

난주가 승미 옷을 위아래로 훑었다.

"누가 보면 네가 힙합 패션을 주도하는 줄 알겠다?"

비꼬는 투가 심하게 실린 채 승미 말꼬리가 올라갔다.

"이게, 보자 보자 하니까."

난주가 발끈했다.

"이게? 지금 이게라고 했어?"

'이게'가 송곳처럼 날카롭게 튀었다.

"둘 다 왜 그래?"

주은이가 말리고 나섰다.

"싸우지 마. 그 정도로 왜 싸워."

하얀이도 같이 말렸다.

"놔! 저게 지금 나한테 시비 걸잖아."

난주가 승미한테 바짝 다가들었다. 몸싸움이라도 벌일 기세였다.

"시비? 시비를 내가 걸었어?"

그러다 갑자기 승미가 싸움을 엉뚱한 데로 키웠다.

"몰래 뒤에서 남 험담이나 늘어놓는 주제에."

느닷없는 공격이었다.

"야이 쌍! 너 뭐라고 했어?"

난주 입에서 거친 욕이 터져 나왔다.

"왜? 찔려? 내가 없는 말 했어?"

승미는 대놓고 싸우려 들었다.

"너나 뒷담 까고 다니지 마."

난주도 똑같은 불만을 터트렸다. 난주와 승미 말이 모두 사실이라면 둘 다 뒤에서 하지 말아야 할 험담을 몰래 했다는 뜻이다. 그때서야 우리 사이에 흐르던 기묘한 분위기가 무엇 때문인지 어림했다.

"내가 너 뒤에서 깐다고 누가 그래?"

난주가 따져 물었다.

"그게 뭐가 중요해? 네가 날 깐 게 중요하지."

"누구냐고? 누가 없는 말을 지어서 나를 모함했냐고?"

"모함? 웃기고 있네."

"그래, 내가 네 험담 좀 했다. 그럼 안 되냐? 넌 맨날 나 까고 다니는데 나는 너 까면 안 되냐고?"

"나는 뒤에서 험담 같은 거 안 해. 짜증 나면 대놓고 말하지."

"아, 그러세요. 정말 한 번도 없으세요?"

"이게 진짜 보자 보자 하니까."

둘은 조금도 밀리지 않고 팽팽하게 맞섰다. 그대로 두었다가는 몸싸움으로 번질 기세여서 다 같이 힘을 합쳐 둘을 억지로 갈라놓았다.

그날 이후 난주와 승미는 사사건건 부딪쳤다. 둘 다 기가 세서 다툼은 쉽게 결판이 나지 않았다. 나는 그냥 지켜보기만 했다. 왜 그랬는지는 모르지만 내가 보기에 둘 다 서로에 대한 험담을 다른 친구한테 한건 분명했기 때문이다. 친구끼리 하고 싶은 말은 앞에서 하면 되지 뒤에서 하면 안 된다는 게 내 신념이다. 초등학생 때 몰래 험담했다가 싸우고 갈라지는 무리도 종종 봤고, 친한 친구끼리 절교를 하는 경우도 자주 보았기에 나는 뒤에서 험담하는 걸 좋게 보지 않는다. 일곱 명이 몰려다니다 보면 서로 마음이 맞지 않는 친구도 있기 마련이기에 나는 그러려니 하고 지냈다. 일곱 명이나 되기에 안 맞으면 살짝 멀리하면 된다. 숫자가 적을 때는 성향이나 취향이 안 맞으면 곤란하지만, 일곱 명은 굳이 세세한 것까지 다 맞추지 않고 지내도 된다. 그래서 나는 무리가 많은 게 좋았다.

싸움은 내 예상대로 흘러갔다. 두 사람 사이에 벌어진 싸움은 무리 전체로 확대되었다. 난주와 승미는 다른 구성원들을 자기 편으로 끌어들이기 위해 별의별 수를 다 썼고, 결국 무리는 두 편으로 빠르게 갈라졌다. 나는 전하얀과 함께 난주 편에 묶였다. 내가 특별히 승미보다 난주를 더 좋아한다거나, 난주 성향이 더 끌려서는 아니었다. 나는 하얀이와 가까웠고 하얀이가 난주 편이 되었기에 자연스럽게 난주와 묶이게 되었을 뿐이다. 김미란, 박주은은 일찌감치 승미 편에 섰고, 이현영은 한동안 고민을 하더니 뒤늦게 승미 쪽으로 방향을 정했다.

반에서 절대다수를 차지하던 우리 무리는 네 명, 세 명으로 갈리면서 소수파로 전락했다. 뭐 그래도 상관은 없었다. 어차피 1학년은 얼마 안 남았고, 2학년이 되면 새로운 애들과 가까워지면 되기 때문이다. 하얀이를 빼고는 특별히 오랜 친구로 삼고 싶은 마음도 없었다. 편이 갈리면서 서로 모르는 사람처럼 대했다. 괜히 얽혀 봐야 좋을 게 없기에 서로 거리를 두었다. 다만 현영이만은 예외였다.

현영이는 무리가 둘로 쪼개지는 걸 가장 원하지 않았다. 끝까지 어떻게든 쪼개지지 않게 만들려고 우리를 설득하기도 했다. 어차피 되지도 않을 시도였다. 한 번 틈이 벌어진 관계는 다시 예전으로 돌아가지 못한다. 나는 그런 방식으로 모임이 깨지는 걸 숱하게 보았기에 막으려고 해봤자 안 된다는 걸 알았다. 그렇지만 현영이가 노력하는 자세는 괜찮아 보였다. 그 이유가 무엇이든 대세를 거스르면서 문제를 해결하려는 시도를 나는 높게 평가한다. 물론 나야 시간을 낭비하는 그런 노력 따위는 하지 않지만.

달콤한 파자마파티, 비밀은 없다

아무튼 그런 이유로 현영이와는 느슨한 교류를 이어갔다. 나는 현영이를 찾지 않았지만, 현영이 쪽에서 항상 먼저 다가왔고 나는 굳이 거부하지 않았다. 나와 만나면 현영이는 일곱 명이 함께 어울렸던 이야기를 꼭 입에 올렸다. 그때 얼마나 즐겁고 좋았는지 생생하게 묘사한 뒤에는 꼭 사이가 좋았던 부부가 이혼한 것에 비유하며 다시 모임이 뭉치면 좋겠다는 바람을 드러냈다. 부질없는 희망이라고 말해 주지는 않았다. 어차피 추억에 사는 사람이 있고, 현재에 사는 사람이 있기 마련이다. 나는 지나간 일에 미련 따위를 두지 않는다. 그래 봤자 되돌아올 과거도 아니고, 괜히 지금 삶만 더 불행하게 만들기 때문이다.

현영이는 끝에 가면 무리를 깨뜨린 승미와 난주를 꼭 거론했다. 둘이 싸우지 않았다면 무리가 그렇게 깨지지 않았을 거라면서 원망하는 감정을 조심스럽게 드러냈다. 나는 현영이 심정을 충분히 이해했지만 동조하지는 않았다. 맞장구도 치지 않았다. 뒤에서 몰래 험담하는 짓 같아서 싫었고, 난주와 어울려 지내면서 난주 험담을 하기도 싫었다.

그러던 어느 날, 미란과 승미가 나를 만나자고 했다. 무리가 둘로 갈라진 뒤로 서로 모른 척 지냈는데 만나자고 하는 까닭이 의문스러웠다. 만나면 귀찮을 게 뻔해서 따로 안 보려고 하다가 무슨 말을 하는지 들어나 보자 하는 생각에 만나러 갔다.

"왜 그렇게 지저분하게 굴어?"

나를 보자마자 승미가 따지고 들었다. 팔짱을 끼고, 눈을 내리깔고,

경멸하는 투로 시비를 걸었다.

"뭐냐?"

이런 데서 기가 밀리면 대책 없이 깨진다. 미란과 승미가 어떤 애들인지 모르지도 않기에 짧고 강력하게 되받았다.

"몰라서 물어?"

승미 말투나 하는 짓은 내가 꼴 보기 싫어하는 것들이었다.

"내가 좀 멍청해서."

승미를 초등학교 다닐 때부터 알고 지냈다. 오랫동안 지켜본 바에 따르면 승미한테는 말을 길게 해 봐야 소용이 없다. 독해력이 떨어지는 건지 모르겠지만 길게 말하면 알아듣지를 못한다. 독해력이 된다고 해도 이런 상황에서 긴 설명으로 설득이 될 리도 없다. 무엇보다 내 말이 길게 늘어지면 구질구질해진다. 승미는 내용이 아니라 기세로 제압해야 한다. 승미는 말로 되는 애가 아니다. 단순하고 강렬하게 받아치면 승미는 상대를 함부로 못 한다.

"이게 지금 누구 놀리는 거야?"

승미가 험악하게 얼굴을 일그러뜨렸다.

"그걸 눈치를 채다니, 제법이네."

승미는 점점 화가 난 듯했지만 더는 어쩌지 못했다. 그때 미란이 끼어들었다.

"너, 양심에 찔리지 않아?"

양심이라니, 이런 상황에 어울리지 않은 낱말이었다.

"양심? 네가 내 양심이 어떤지 보기나 했어?"

미란은 승미와 다르다. 공부를 잘하는 편은 아니지만 제법 머리가 돌아가고, 일곱 명 가운데 말솜씨로만 따지면 유일하게 부담스러운 상대였다.

"네가 예전에 맨날 그랬잖아. 난 불만이 생기면 뒤에서 말 안 한다고. 대놓고 말할 수 없는 말은 뒤에서도 하면 안 된다고. 안 그랬어?"

그건 내 신념이니 부정할 생각이 없었다.

"그래서?"

"그래서? 그래서란 말이 지금 나와?"

미란은 내 약점이라도 잡은 듯이 밀고 들어왔다. 승미가 미란을 데려온 까닭이 이것이었다. 승미는 흥분하면 욕을 하고 싸움이나 걸 줄 알지 논리를 앞세우며 따지지 못한다. 승미에게 없는 능력을 미란은 충분히 갖추었다. 그리고 미란이 하는 말에서 이들이 무엇 때문에 나를 보자고 했는지 이미 알아차렸다. 길게 얘기하고 싶지 않았다.

"영문도 모른 채 끌려온 건 나야. 어차피 서로 안 보기로 했으면 간섭하지 않아야 하는 거 아니야? 너희들이 나에 대해서 누구에게 어떤 소리를 들었는지 모르지만, 나는 없는 사람 두고 뒤에서 딴말하는 그딴 짓은 안 해."

"뻔뻔한 년."

승미가 욕을 했다. 그건 우리가 한 무리로 어울려 지내면서 장난으로 주고받던 욕과는 달랐다. 비하와 경멸과 멸시를 담은, 진짜 욕이었다.

"넌? 이게 보자 보자 하니까."

나는 몸싸움도 각오했다. 나는 흔히 여자들끼리 머리카락 잡고 뒹굴거나, 뺨을 때리는 것과 같은 유치한 싸움은 안 한다. 엄마가 다이어트한다면서 복싱장에 다녔는데, 엄마를 따라다니면서 나도 꽤나 오랫동안 복싱을 배웠다. 관장님이 제법 소질이 있다면서 여자 복싱을 권할 정도였다. 승미나 미란이도 내가 복싱을 배운 사실을 안다. 내가 팔짱을 풀고 주먹을 꽉 쥐자 둘이 움찔하는 게 느껴졌다.

"인정하기 싫으면 싫다고 해. 비겁하게 주먹으로 해결하려고 하지 말고."

미란이 그렇게 나오니 주먹을 쓰기 애매해졌다. 잘못하다간 내가 모든 잘못을 뒤집어쓸 판이었다.

"정확히 말해. 따지려는 게 뭐야? 내가 뭘 어쨌다고 이러는 거야? 나도 뭘 제대로 알아야 변명을 하든, 뻔뻔하게 나가든 할 거 아니야?"

"정말 몰라서 그래?"

승미가 발끈하고 나서자 미란이 말렸다.

"네가 승미 험담을 뒤에서 하고 다닌다는 말을 들었어. 입에 담지 못할 욕도 섞어 가면서. 우리가 깨진 책임이 모두 승미에게 있고, 승미가 성깔을 부려서 이렇게 됐다고. 승미 성격이 못됐고, 멍청해서 앞뒤 안 가리고 나대는 바람에 좋은 관계가 다 깨져 버렸다고. 네가 그런 말을 하고 다닌다는 걸 알았는데 승미나 내가 화가 안 나면 그게 도리어 이상하지 않겠어?"

　미란이 말한 것 중에 내가 한 말은 하나도 없었다. 깨졌으면 깨진 거지 그 책임이 누구에게 있는지 따위는 내 관심사가 아니었다. 나는 승미에게 특별한 악감정도 없었다. 도대체 누가 그런 헛소문을 퍼트리고 다니는지 화가 났다.

　"누구야? 누가 그래?"

　"왜? 알려 주면 가서 때리기라도 하게?"

　"내가 깡패야! 때리게?"

　나는 승미는 무시하고 미란에게 질문했다.

　"거짓말로 나를 모욕한 게 누구야?"

　"알려 주지 못하는 건 알잖아. 그건 배신이야."

　"거짓말쟁이가 누구냐고?"

　"네 양심이나 돌아봐. 엉뚱한 사람 잡으려 들지 말고."

　거칠게 다그쳤지만, 거짓말을 꾸며 낸 이름을 알아내지는 못했다. 내가 사실이 아니라고 아무리 항변해 봤자 믿어 줄 애들도 아니기에 더는 대화를 이어갈 필요가 없었다.

　"분명히 말하는데 난 그런 적 없어. 만약에 너희들이 이걸 소문내면 가만 안 있을 테니까, 알아서 해."

　나는 확실히 경고해 두고 그 자리를 빠져나왔다. 내가 강하게 경고한 덕분인지 다른 애들 입에서 이상한 말이 들려오지는 않았다. 며칠 뒤, 주은이가 만나자고 연락을 해 왔다. 똑같은 문제로 만나자고 하는 줄 알고 단박에 거절했더니, 그런 거 아니라면서 학교 밖에서 남들 눈에 띄지 않게 조심해서 만나자고 제안했다. 무슨 첩보 작전 같은 제안에 내가 알고 싶은 비밀과 관련되었을 것 같다는 직감이 왔다.

우리 학교 애들은 거의 오지 않는 카페에서 주은이와 만났다. 주은이는 말을 빙빙 돌리지 않고 곧바로 본론으로 들어갔다.

"너, 현영이랑 따로 만나지?"

비밀을 들킨 듯해서 뜨끔했지만, 만나지 말아야 할 사이도 아니어서 바로 인정했다.

"그래, 우리가 깨진 뒤에 몇 번 만났어."

그렇게 순순히 인정하고 끝내긴 싫었다. 아직 주은이가 나를 어떤 뜻으로 만나려고 하는지 불분명했기에 곧바로 날 선 질문을 덧붙였다.

"그런데 어떻게 알았어? 몰래 감시라도 하는 거야 뭐야?"

"그런 거 아니야."

주은이가 당황하며 어색하게 웃었다.

"승미가 널 만나고 와서 난리를 피웠어. 답답해 미치려고 하더라."

승미 성깔을 알기에 어떻게 굴었을지 짐작이 갔다.

"미란이한테 너랑 나눴다는 대화를 자세히 들었는데, 문득 이상한 생각이 들었어. 네 말이 진실이면 이게 어찌 된 일일까 하는……."

주은이는 내 반응을 기다리는지 잠깐 말을 멈췄다. 나는 그 뒷이야기가 궁금했기에 가만히 기다렸다.

"나도 네 성격을 잘 알아. 승미가 어디서 들었는지 모를 말로 우리 앞에서 너한테 화를 내며 길길이 날뛸 때부터 조금 이상하다고 생각했어. 나는 너를 잘 아니까 누구한테 그런 말을 들었냐고 물었지만, 승미는 그 이름을 밝히지 않았어. 그래서 미란이도 그게 누군지 몰라."

"지금 나를 보자고 한 이유는, 혹시 네가 그게 누군지 알아냈다고 말하려는 거야?"

"알아낸 건 아니야. 의심이 가는 사람이 생겼을 뿐이야."

주은이가 처음에 현영이와 만나냐고 물다. 그렇다면 주은이는 현영이를 범인으로 의심하는 게 분명했다.

"설마 현영이를 의심하는 거니?"

주은이가 느리게 고개를 끄덕였다.

"현영이 말고는 설명이 안 돼."

"단지 현영이가 날 만났다는 이유로?"

"현영이가 아니면 도대체 누가 승미한테 널 험담하는 말을 전했겠어?"

"현영이는 우리가 깨지는 걸 누구보다 싫어했고, 끝까지 막으려고 노력했어. 그런 현영이가 나를 모함할 이유가 없어."

"이유는 모르겠지만, 확인할 방법은 있어. 그래서 널 보자고 한 거야."

"방법이 뭔데?"

"난주에게 확인해 봐."

"뭘?"

"승미와 틀어진 이유."

"그거야 너나 나도 다 알잖아. 둘이 서로 몰래 까는 바람에……."

주은이가 내 말을 툭 잘랐다.

"아니, 우린 잘 몰라. 잘 생각해 봐."

나는 어깨를 으쓱하고 말았다. 내가 보기에는 이유가 명확했다. 이런 싸움이야 사소한 오해에서 비롯되기도 하고, 티끌처럼 작은 갈등이 큰 다툼으로 커지기도 한다. 큰 싸움이지만 출발점을 찾아보면 사소한 경우가 많다. 도미노를 일으키는 거대한 파도는 첫 조각이 넘어지는 아주 작은 것에서 비롯한다. 그나마 도미노는 그 출발점이 명확하지만, 일상에서는 그 출발점이 무엇인지 알기 어려운 경우가 숱하다. 그래서 나는 어떤 일이 벌어지는 원인에 별 관심이 없다.

"너는 잘 모르겠지만 나는 둘이 우리 앞에서 대놓고 싸우기 전부터 난주와 승미 사이에 흐르는 기묘한 기류를 눈치챘어. 그때는 둘이 왜 그렇게 서로를 싫어하게 됐는지 이유를 알 수 없었어. 그전까지 우리는 정말 사이가 좋았으니까. 난주와 승미가 성깔이 불 같아도 잘 어울렸었는데 왜 그렇게 갑자기 서로를 싫어하게 됐는지, 그 출발점이 뭔지 궁금했지만, 도저히 알 수가 없었어. 승미에게 몇 번 물었지만, 난주 욕만 해대는 바람에 제대로 따져 보지도 못했고. 네가 현영이를 만난다는 사실을 알고 혹시나 하는 의심이 들었어. 따져 보니까 현영이가 의심스러운 짓을 몇 번 했던 기억도 나고."

"근거도 없이 생사람 잡지 마."

"나도 현영이가 아니길 바라. 그러니까 난주한테 확인해 봐. 지금 내가 난주한테 연락하긴 좀 그렇잖아."

앞서 말했듯이 나는 사건이 벌어진 원인 따위는 궁금하지도 않고, 안다고 해도 다시 합칠 수 없을 만큼 감정이 깊이 상했기에 원인을 아는 것이 의미 없다고 생각했다. 그렇지만 주은이 의심을 확실히 없애려면 제안을 받아들이는 게 좋을 듯했다. 현영이가 오해받지 않으려면 그 방법뿐이다.

"난주한테 뭘 확인하면 돼?"

"난주가 처음에, 그러니까 나중에 감정이 상해서 서로 싸우기 전에, 왜 승미한테 악감정이 생기게 됐는지, 혹시 승미에 대해 나쁜 이야기를 전한 사람은 없었는지 확인해 줘."

별로 어렵지 않은 일이었다. 나는 제안을 수락하고 곧바로 난주에게 전화를 걸었다. 내 전화를 받은 난주는 왜 그런 질문을 하는지 한참을 캐물었다. 나는 구구절절 설명하기 싫어서 대충 둘러 댔다. 단순한 난주는 출발점을 찾아내려고 한참 애를 썼다. 나는 난주 기억을 왜곡하지 않기 위해 현영이 이름은 일절 언급하지 않았다. 난주는 10분쯤 고민한 뒤에야 힘들게 출발점을 떠올렸다.

"현영이한테 들었어."

나올 리 없다고 확신했던 이름이었다. 아니 나오지 않기를 바랐던 이름이었다.

"현영이가 뭐라고 했는데?"

긴장했는지 내 목소리가 살짝 떨려 나왔다.

"뭐긴 뭐야, 그년이 내 험담했다는 얘기지."

"자세히 좀 말해 봐."

"그게, 잘 기억이 안 나는데……. 아 잠깐만… 기억난다. 그러니까 내가 왜 그렇게 어울리지 않게 옷을 입는지 모르겠다고 했다는 거야. 그때 살짝 거슬리기는 했지만, 걔가 그쪽으로 제법 아는 척하니까 그러나 보다 했어. 그런데 그 뒤로도 몇 번이나 현영이한테 그런 말을 듣다 보니까 기분이 나빠졌어. 내 옷차림이 마음에 안 들면 대놓고 말해야지 뒤에서 은근히 말하는 꼴이 거슬렸거든."

"그거 말고는 없었어?"

"그거 말고? 글쎄. 아마 내 화장이 촌스럽다고도 했을걸? 그때 현영이가 나 도와준다면서 나한테 맞는 화장법 유튜버도 소개해 줬으니까."

교묘한 이간질이었다. 아마 현영이는 승미한테도 그런 비슷한 이간질을 했을 것이다. 둘은 이유도 모른 채 서로에게 기분이 나빠졌고, 후드 끈과 같은 사소한 사건을 빌미로 해서 눌러 놓았던 감정이 폭발한 것이다. 주은이는 바로 옆에서 내가 난주랑 나눈 통화를 같이 들었다.

"그거 봐. 내 말이 맞지?"

나는 한동안 입을 열지 못했다. 놀라지는 않았다. 그런 이간질을 하는 애들은 초등학교 다닐 때도 가끔 보았기 때문이다. 내가 말문이 막힌 까닭은 감쪽같이 속았다는 사실 때문이었다. 나는 절대 이간질하는 애들에게 속지 않는다는 자신이 있었다. 초등학교 때 주위 무리에서 이간질하는 애들을 가끔 봤는데 티가 팍팍 났다. 그렇게 빤히 보이는 거짓말에 속아 넘어가는 애들이 멍청하다고 여겼다. 그런데 내가 그런 멍청이가 되었으니, 짜증이 날 수밖에 없었다.

"승미한테도 확인해 봐."

끓는 속을 겨우 달래며 주은이에게 요구했다.

"승미는 말 안 할 거야."

"난 주 말만 믿고 결론을 내릴 수는 없어."

나는 신중한 척했지만, 사실은 내가 속았다는 사실을 끝까지 인정하기 싫었다. 승미한테서는 다른 말이 나오기를 바랐다. 현영이를 보호하겠다는 생각 따위는 없었다. 나는 멍청이가 되기 싫었다.

주은이는 곧바로 승미에게 전화를 걸었다. 주은이도 승미가 기억을 제대로 꺼내게 하는 데 오래 걸렸다. 그러나 결국 현영이가 도미노를 처음 쓰러뜨린 당사자임을 밝혀냈다. 그리고 나를 모함한 당사자도 현영이임을 어렵게 확인했다. 속이 부글부글 끓었다. 꽉 쥔 주먹에 힘이 들어갔다.

"괜찮니?"

주은이가 걱정스럽게 내 팔을 붙잡았다.

주먹을 풀었다. 주은이에게 이런 꼴을 보여 준 게 쪽팔렸다.

"이제, 어떡할 거야?"

주은이가 물었다.

"어떡하긴……, 왜 그랬는지 알아봐야지."

"알아내서는……."

글쎄, 그 뒤에는 어떻게 할까? 그건 나도 모르겠다. 소문을 퍼트려서 망신을 줄까? 아니면 무릎 꿇고 사죄하게 만들까? 그것도 아니면 그냥 용서를 빌게 하고 넘어갈까? 분풀이할 생각은 없었다. 뭘 하든 내 속이 편해지진 않을 것임을 알기 때문이다. 왜 그랬는지 알아내겠다고 주은이에게 말하긴 했지만, 솔직히 현영이가 그리한 까닭이 궁금하지도 않았다. 그러나 뭐라도 하지 않으면 멍청하게 속아 넘어간 나 자신을 자책할 게 뻔했기에 뭐라도 해야 했다.

나는 집에 가면서 현영이에게 일요일에 같이 놀자고 문자를 보냈다. 현영이는 한참 뒤에야 겨우 승낙했다. 현영이와 약속이 있는 날까지 나는 아무런 내색을 안 했다. 주은이에게도 내가 현영이를 만나기 전까지는 다른 애들에게 알리지 말아 달라고 부탁했다.

일요일, 현영이를 시내에서 만났다. 맛있는 점심을 먹은 뒤 쇼핑몰을 돌아다니면 실컷 구경도 하고 몇 가지 물건도 샀다. 노래방에 들러서 목이 쉬도록 노래를 부르고, 게임방에 가서 신나게 뛰어다녔다. 노는 내내 현영이에게서 어떤 구김살이나 어색함을 발견할 수 없었다. 현영이는 진심으로 즐거워했고, 내 눈치를 보거나 꺼리는 기색을 내비치지 않았다. 만약 내가 아무것도 몰랐다면 현영이가 뒤에서 어떤 짓을 벌였는지 전혀 알 수 없었을 것이다. 나는 오만했다. 못된 애는 바로 알아볼 능력이 내게 있다고 믿었는데, 그것은 헛된 믿음이었다.

점심을 먹었지만 신나게 놀다 보니 다시 허기가 졌다. 분식집에 들어가 먹고 싶은 걸 잔뜩 시켰다. 수다는 끊이지 않고 이어졌다. 누가 보면 둘도 없는 친구로 오해할 만큼 우리는 다정했다. 떡볶이를 물고 즐거워하는 현영이를 보며 웃다가 툭 하고 질문을 던졌다.

"왜 그랬어?"

나는 여전히 웃고 있었고, 현영이는 영문도 모른 채 나를 빤히 봤다.

"뭘?"

천진난만함이 섞인 반문이었다.

"왜 내가 하지도 않은 말을 지어서 승미한테 말했어?"

떡볶이를 입에 문 채 현영이 얼굴이 딱딱하게 굳었다.

"승미랑 난주는 왜 싸우게 만든 거야?"

나는 여전히 웃음을 띤 채 물었다.

"말하고 싶지 않으면 말해 주지 않아도 돼. 솔직히 궁금하지도 않아."

현영이가 젓가락을 내려놓았다.

"네가 말해 주든 아니든 나는 널 다시 안 볼 거야. 널 미워하지도 않을 거고…. 내가 오늘 이러는 건 예방접종 같은 거야. 나는 네가 한 그런 허접한 이간질 따위에는 속지 않을 자신이 있었거든. 그런데 너도 알다시피 제대로 당했잖아. 앞으로 다시는 당하기 싫어. 그래서 내가 속은 이유를 이해하려고 너랑 하루 동안 지내 본 거야."

현영이가 입에 든 떡볶이를 힘겹게 삼키는 소리가 들렸다.

"너랑 하루를 보내고 내린 결론은 겉만 봐서는 누가 나를 속일지 알 수 없다는 거야. 네가 나를, 아니 우리를 속인 걸 알았을 때부터 오늘 아침까지만 해도 나는 내가 뭔가를 놓쳐서 속았다고 생각했는데 그게 아니었어. 셜록 홈즈 정도 되는 능력자면 모를까 너처럼 속이면 다들 속을 수밖에 없단 걸 깨달았어. 오늘 내가 쓴 돈은 그 깨달음으로 충분히 보상됐어. 그러니까 부담은 느끼지 않아도 돼."

현영이는 진실을 털어놓을 생각이 없는 듯했다. 내가 하고 싶은 말은 이미 다 했기 때문에 나는 마지막으로 딱 한 번만 질문을 하고 그만두기로 했다.

"왜 그랬어? 우리가 깨지길 가장 바라지 않는 것처럼 굴더니 뒤로는 앞장서서 깬 이유가 뭐야? 나한테는 또 왜 그런 거야? 내가 승미랑 제대로 싸우길 바라기라도 했던 거야?"

대답을 기다렸지만 현영이는 사진 속 인물처럼 꿈쩍도 안 했다.

"대답하기 싫구나. 알았어. 여기서 먹은 것까진 내가 계산할게."

일어나려고 의자를 뒤로 뺐다.

한편으로는 시원하고 한편으로는 찜찜했다.

"난……."

막 일어나려는데 현영이가 입을 열었다.

다시 자리에 앉았다.

"…외톨이가 될까 봐 두려웠어."

달콤한 파자마파티, 비밀은 없다

이해하기 힘든 답변이었다. 우리는 일곱 명이 한몸처럼 움직였고, 반에서 가장 큰 무리였기에 눈치볼 애들도 없었다.

"넌 이해 못 할 거야. 그런데 그거 알아? 묘하게 서로 짝을 지어서 놀았다는 거. 너는 하얀이랑 가까웠고, 미란이는 주은이랑 죽고 못 사는 단짝이었고, 난주랑 승미는 성향이 비슷해서 죽이 잘 맞았어. 나만 같이 어울릴 짝이 없었어."

나로서는 생각지도 못한 관계도였다. 물론 내가 하얀이와 가깝기는 했지만 다른 애들을 배척하지는 않았다. 그건 다른 애들도 마찬가지였다.

"피해의식 아니야?"

"넌 안 당해 봐서 몰라. 나는 언제든지 내쫓길 수 있다는 두려움에 떨었어."

내가 보기에는 근거 없는 피해의식이지만 자신이 그렇게 느꼈다면 그냥 믿어 주기로 했다.

"그래서 난주나 승미 가운데 한 명을 무리에서 내쫓으려고 그런 이간질을 한 거야?"

현영이는 입을 꾹 다물고 긍정도 부정도 하지 않았다. 그건 긍정한다는 뜻이었다. 나라면 절대 그렇게 하지 않았겠지만 현영이가 살아남기 위해 한 몸부림이 나쁘다고 판단하지는 않았다. 각자 생존을 위해 발버둥치는 거야 자기 자유니까.

"좋아. 쫓겨날까 봐 걱정해서 그랬다는 건 이해할게. 그건 널 비난할 생각이 없어. 내가 그런 처지였다면 나도 그렇게 안 할 거란 장담은 못 하겠으니까."

긴장에 짓눌렸던 현영이 얼굴이 조금 풀어지는 게 보였다.

"그럼 나한테는 왜 그런 거야?"

"그, 그건 실수였어."

"실수? 실수로 내 험담을 그렇게 했다니, 그 말을 내가 믿으라는 거야?"

현영이는 몇 점 남지 않은 떡볶이에 시선을 고정했다.

"난주랑 승미가 싸우면 한 명이 나가고 끝날 줄 알았어. 나도 그렇게 무리가 둘로 쪼개질 줄은 몰랐어."

"그런 구구절절한 설명은 궁금하지 않아. 나한테 왜 그랬는지만 궁금해."

"그걸 설명하려는 거야."

현영이는 안간힘을 쓰고 있었다. 세게 몰아붙여서 좋을 게 없었다.

"의도치 않았던 일이기에 깨지게 만들지 않으려고 끝까지 노력했어. 그리고 마지막까지 나는 어느 편에 설지 고민했어. 어쨌든 내가 들어가는 곳이 짝수가 되기에 소외될 걱정은 없었어. 처음에는 네가 있는 곳으로 가려고 했어. 나는 네가 가장 좋았거든. 그렇지만 너는 하얀이랑 친했고, 내가 가면 나는 난주와 짝이 되어야 하는데 솔직히 난주는 조금 부담스러웠어. 그래서 승미를 택했고, 미란이와 주은이는 단짝이니까 나는 자연스럽게 승미와 짝이 됐어."

　　　　　　　　　　　　　　달콤한 파자마파티, 비밀은 없다

현영이 입술이 짧은 시간에 바짝 말랐다. 목소리도 거칠어졌다. 나는 잔에 물을 따라서 밀었다. 현영이가 천천히 물을 마시더니 내려놓았다.

"승미와 짝이 된 건 좋은데 자꾸 나랑 얘기할 때마다 너희 험담을 했어. 난주나 하얀이 욕은 참겠는데, 네 욕을 자꾸 하는 건 견디기 힘들었어. 승미를 고른 내 선택이 잘못일 수도 있겠다는 생각이 들었어. 그래서 너와 몰래 연락하고 지냈던 거야."

"네가 무슨 의도로 쪼개진 뒤에도 나와 가깝게 보내려고 했는지는 관심 없어. 사람은 자기를 위해서 살고, 나도 마찬가지야. 그러니까 네가 네 필요 때문에 나를 만난 건 괜찮아. 그렇지만 여전히 실수라는 말은 납득이 안 돼."

"승미가 네 욕을 하는데 내가 난주, 하얀이 때와 달리 맞장구를 치지 않으니까 화를 냈어. 그때 덜컥 겁이 났어. 승미가 난주한테 하듯이 나한테 하면 어쩌나 하는……. 그래서 맞장구를 쳤는데 그러다 보니 조금 과장된 표현이 실수로 튀어나왔어. 그 실수를 승미가 낚아채서 캐물었고, 나는 어쩔 수 없이 이런저런 거짓말을 지어낸 거야. 그때는 겁을 먹고 그렇게 했는데, 승미가 너한테까지 가서 따질 줄은 몰랐어. 자기도 맨날 말도 안 되는 것들을 들먹이며 너희 험담을 하면서, 정작 자신을 대상으로 한 험담에는 그렇게 길길이 날뛰는 게 이해가 안 돼."

나는 두 손으로 얼굴을 감싸쥐었다. 현영이가 한 말에 거짓은 없는 듯했다. 살아남기 위해 발버둥치는 현영이가 불쌍했다. 바로 그 점 때문에 답답했다. 아예 심성이 나쁘고, 못된 의도로 했으면 욕해 주고 말면 그만인데 살아남으려는 몸부림을 비난할 수는 없기 때문이다. 차라리 모른 채 넘어가는 게 나았다. 진실이 꼭 좋은 건 아니었다. 공기가 까끌까끌했다. 어쩌면 나도 나중에 현영이처럼 될 수 있다는 두려움 때문이었다. 미래는 모르니 나라고 그런 두려움에 휘말려 현영이와 같은 짓을 벌이지 않을 거라고 어떻게 장담한단 말인가?

더는 그 자리에 있기 싫었다. 손을 내렸다. 현영이 시선은 여전히 몇 점 남지 않은 떡볶이에 고정되어 있었다. 그 자리를 벗어나려면 뭐라고 한마디는 해야 할 것 같은데 적절한 문구가 쉽게 떠오르지 않았다. 망설임 끝에 힘겹게 입을 열었다.

"솔직하게 말해 줘서 고마워."

고맙다는 말은 진심이었다. 만약 내가 현영이와 같은 잘못을 저질렀을 때 현영이처럼 진실하게 잘못을 털어놓을 자신은 없기 때문이다.

"나는 널 원망하지 않아. 너를 미워하지도 않을 거고. 네가 그렇게 큰 잘못을 저질렀다고 생각하지도 않아. 그러니 나한테 미안해하지 않아도 돼."

현영이 어깨가 위로 살짝 올라갔다가 다시 내려왔다.

"부탁이 있어."

부탁이란 말에 현영이가 반응했다. 현영이 시선이 천천히 나를 향해 움직였다. 그러나 내 눈을 똑바로 보지는 못했다.

"너랑은 이걸로 끝내고 싶어. 앞으로 서로 모르는 사람으로 지내자."

달콤한 파자마파티, 비밀은 없다

현영이 동공이 심하게 떨렸다.

"알았지?"

현영이는 말없이 고개를 끄덕였다.

"계산은 내가 할게."

자리에서 일어나 계산을 하고 식당을 나섰다. 현영이 시선이 나를 따라 움직이는 게 느껴졌다.

　　나는 주은이에게 현영이가 한 짓을 비밀로 해 달라고 부탁했다. 자세한 설명은 덧붙이지 않고 그냥 묻어 달라고 부탁했다. 한때 친구로서 하는 마지막 부탁이라고 하니 주은이는 그러겠다고 했다. 난주한테는 대충 둘러 댔다. 현영이는 아무 문제도 없는 것처럼 승미 무리와 같이 어울렸다. 현영이는 약속대로 나를 모르는 사람으로 대했고, 나도 마찬가지였다. 나는 1학년이 끝날 때까지 난주, 하얀이와 같이 어울렸다. 마치 아무 일도 없는 것처럼 즐겁게 지냈다. 나는 하얀이가 훨씬 가까웠지만, 난주가 소외감을 느끼지 않도록 세심하게 배려했다.

　　그러다 1학년 겨울방학 때 하얀이가 이사를 했다. 하얀이가 떠나자 나는 더는 난주와 어울리고 싶지 않았다. 같은 반이 되면 어울리겠지만 다른 반이 되면 멀어지기로 했다. 2학년이 되었는데 난주뿐 아니라 승미, 미란, 주은, 현영이 모두가 다른 반에 배정되었다. 관계를 깨끗이 정리하기에는 더할 나위 없이 좋은 조건이 만들어진 것이다. 나는 새로운 친구들을 사귀었고, 마치 1학년 때처럼 같이 어울려 다녔다. 그러나 내 속내나 비밀은 꼭꼭 감추었다. 신나게 웃고 떠들면서도 누구든 뒤통수를 칠지 모른다는 점을 늘 염두에 두었다. 솔직하게 마음을 나눌 친구가 사라진 현실을 인식할 때마다 우울감이 밀려왔다. 하얀이처럼 좋은 친구가 떠나 버린 게 못내 아쉬웠다.

마지막 남은 피자 한 조각이 사라졌다. 달콤했던 우정도 결국 시간이 지나면 피자처럼 조각조각 나뉘어 사라지는 걸까? 영원히 변치 않는 우정이란 정말 없는 걸까?

달콤한 과자마파티, 비밀은 없다

2부

한별이의 어깨동무

은밀한 파자마파티

파자마파티 이후 다섯 명 모두가 모여서 어울릴 기회는 간부수련회에서 찾아왔다. 1학년부터 3학년까지 각 반 회장과 부회장, 학생회 임원들이 모두 참여하는 간부수련회였는데 다섯 명 모두 학생회 간부수련회 참가 자격이 되었기 때문이다.

중학교에 다니며 한 번쯤 부회장을 해 보고 싶었는데 2학년까지는 늘 떨어졌다. 이번에도 별로 기대하지 않고 나갔는데 출마자들 표가 교묘하게 갈리는 바람에 최다 표를 얻어서 내가 운 좋게 뽑혔다.

"부회장은… 유한별!"

당연히 안 될 줄 알던 나는 내 이름이 불리자 방방 뛰면서 환호성을 지르고 싶었다. 물론 그러지는 않았다. 더구나 그날 확인해 보니 친구

달콤한 파자마파티, 비밀은 없다

들도 전부 당선이 된 게 아닌가? 우리는 반 선거를 앞두고 다 같이 나가 보자고 마음을 모았는데, 다들 자기 반에서 회장이나 부회장으로 당선이 된 것이다. 그날 단체대화방은 환호성으로 술렁였다.

부회장이 되고 첫 일정이 간부수련회였다. 목요일 점심을 학교에서 먹고 출발해서 금요일 오전까지 수련(?)하고 학교로 돌아오는 일정이었다. 수련회란 따분한 이름이 붙었지만 다른 애들은 다 수업을 받는데 우리만 학교 수업을 빠져도 되니 무척 신났다. 무엇보다 밤에 친구들과 다시 어울려 놀 생각을 하니 오랜만에 설렜다.

버스에서는 맨 뒷좌석에 다섯이 나란히 앉아 신나게 떠들었다. 우리가 하도 떠들어서 잠을 못 자겠다고 투덜거리는 애들도 있었다. 수련관에 도착하자 곧바로 짐을 내려놓고 운동장에 모였다. 3학년 학생주임 선생님이 짧지만, 한없이 지루한 연설을 늘어놓은 뒤 학생회장이 간단하게 일정을 소개했다. 수련회 첫 일정은 남녀가 짝꿍으로 하는 피구 경기였다.

남녀가 짝꿍을 맺고, 둘 중 한 명이라도 죽으면 같이 죽는다. 두 사람은 끊어지기 쉬운 종이 끈으로 손목을 이었는데 그 끈이 떨어져도 죽는다. 남자는 남자만 공격하고 남자가 던진 공을 여자가 맞으면 여자는 죽지 않는다. 그 반대도 마찬가지다.

나는 옆 반 부회장인 한재구와 짝이 되었다. 재구와는 2학년 때 같은 반으로 제법 친한 사이다. 친한 재구와 짝이 되는 건 좋았는데, 문제는 재구가 운동신경뿐 아니라 이해력도 떨어진다는 점이었다.

"그러니까 여자가 던지면 네가 막고, 남자가 던지면 내가 막는 거지?"

"그 반대야."

"아니 여자는 여자만, 남자는 남자만 맞히라고 하지 않았냐?"

"그러니까 그 반대로 막아야지."

"아, 그렇구나. 알았어."

재구는 마치 어려운 수학 개념이라도 이해한 듯이 즐거워했다. 그러나 그 이해는 곧 맹탕임이 드러났다. 경기에 들어가자 재구는 상대편 여자애가 던지려고 하면 내 뒤로 피하고, 남자가 던지려고 하면 앞으로 나섰다.

"야! 그러지 말라고. 그 반대라니까."

"반대야?"

"여자가 던진 걸 여자가 맞으면 죽으니까 남자가 막아야지."

"뭐가 이리 복잡해."

"아이고, 참 복잡한 규칙이다. 그치?"

"그러니까."

헛웃음이 나왔다. 반어법도 못 알아먹다니…….

내가 심하게 구박하자 재구는 공이 두 번 날아올 때까지는 제대로 했다. 그러다 또다시 반대로 움직였다.

"뭐야? 또 반대잖아."

내가 나무랐더니 이번에는 뻔뻔하게 나왔다.

"남자가 던지는데 어떻게 너한테 맡기냐?"

남자는 보호하고 여자는 보호받는 존재로 인식하다니, 내가 질색하는 사고방식이었다. 그렇다고 재구가 딱히 여성관이 삐딱한 애는 아니라서 내 불쾌함을 표현하지는 않았다. 짝꿍 피구 규칙도 제대로 이해못 하는 재구에게 고정관념을 깨라고 하는 것은 무리였다.

"너만 죽으면 안 말리는데 네가 죽으면 나까지 죽잖아. 그러니까 규칙이 뭔지는 좀 이해하고 해."

그렇게 구박하고 설명해도 재구는 끝까지 반대로 움직이다가 결국 죽었다. 규칙을 제대로 이해하지 못한 것 치고는 꽤 오래 버텼다. 밖으로 나가면서 내가 나무랐지만, 그 녀석은 끝까지 자기가 뭘 잘못했는지 이해하지 못했다.

재구 때문에 조금 답답하기는 했지만, 짝꿍 피구 경기는 즐거웠다. 경기를 즐기는 내내 모두 웃음꽃이 끊이지 않았다. 피구가 끝난 뒤에는 저녁 식사를 할 때까지 가벼운 게임을 즐겼다. 주로 연예인들이 텔레비전에 나와서 하는 게임이었는데, 직접 해 보니 무척 재미있었다. 게임에서 얻은 점수를 따져서 선물도 받았다. 우리 모둠이 얻은 점수가 낮아서 간단한 학용품을 받았지만, 그 정도로도 아주 만족스러웠다.

게임이 끝나고 저녁을 먹을 때는 모처럼 친구들과 한자리에 앉아서 밥을 먹으며 즐겁게 이야기를 나누니 그렇게 좋을 수가 없었다. 식사를 마치고 일어나려는데 재희가 갑자기 일정을 물었다.

"수련회 일정이 11시까진가?"

"잠깐만, …… 응."

민새가 일정표를 확인했다.

"11시 맞네."

"그 뒤에는 뭐 없겠지?"

"있으면 안 되지."

"그러면, 우리끼리 한 방에 모여서 놀까?"

한 방에서 논다는 말만 들어도 파자마파티 때 즐거웠던 기억이 새록새록 피어올라 기대감이 부풀어 올랐다.

"그러려면 다른 애들한테 부탁해야 하는데……."

"3학년 여학생한테 배정된 방이 세 개니까, 다른 애들이 거절하진 않을 거야."

"그럼, 밥 먹고 바로 부탁해 보자."

우리는 다 같이 뜻을 모았고, 식사를 끝내고 숙소로 돌아가자마자 애들에게 부탁했다. 다들 군소리 없이 부탁을 들어주었고, 혹시 모를 일에 대비하여 일정이 모두 끝난 뒤에 방을 바꾸기로 했다.

빨리 11시가 되기를 바랐다. 11시까지는 지루한 일정이 꽉 차 있었다. 7시부터 8시 20분까지는 강의 시간이었다. 강의 주제가 '민주주의와 회의'인데 제목만 봐도 졸릴 것 같았다. 친구들과 밤에 제대로 놀려면 강의 시간에 조금 자 두는 것이 좋겠다는 생각이 들었다. 8시 30분부터 10시까지는 '우리가 해결하는 우리 문제'란 일정이었는데 제목만 봐서는 정체가 뭔지 불분명했다. 10시부터 11시까지는 '전체 모임'인데, 아마 모두 모여서 단합대회 비슷한 걸 할 듯했다.

예정 시간보다 빨리 강의 장소로 갔다. 빨리 가야 뒷자리에 앉고, 그래야 잠을 편하게 잘 수 있기 때문이다. 그런데 나보다 먼저 와 있는 애들이 많았다. 역시 다들 비슷한 생각을 한 것이다. 나는 남은 좌석 중에서 그나마 강사 시선이 덜 닿는 곳을 골라서 앉았다. 7시가 되고, 학생주임 선생님은 박시우란 이름을 소개하며, 박시우 선생님이 대단하고 유명한 분인데 어렵게 모셔 왔다며 과장되게 소개했다. 나는 엉덩이를 앞으로 빼고 자세를 낮춘 다음 잘 준비를 했다. 강사가 허리를 깊이 숙여 인사를 하자 박수 소리가 들렸다. 자세가 약간 불편해서 몸을 살짝 뒤척였다. 허리와 다리가 편하게 자리를 잡았다. 강사가 선 곳에서 내 자리가 잘 보이는지 확인하기 위해 강사 쪽으로 시선을 돌렸다. 아마 다음에 강사를 볼 때는 강의는 다 끝나 있을 거로 생각했다. 내 자리가 눈에 잘 띄지 않는다는 사실을 확인하고 막 눈을 감으려고 하는데 강사가 입을 열었다.

"제가 오늘 점심에 식당에 갔습니다. 주문한 음식이 나오고 막 밥을 먹으려고 하는데, 바로 옆자리에 엄마로 보이는 여성 한 분과 남자아이 둘이 들어왔습니다. 큰 남자아이는 열두 살이나 열세 살쯤 되어 보이고, 작은 남자아이는 두세 살쯤 어린 듯했습니다. 자리에 앉자마자 엄마는 두 아이에게 심하게 야단을 쳤습니다. 두 아이는 엄마가 무섭게 야단을 쳤음에도 잘못을 인정하지 않고 번갈아 가며 엄마에게 반항했습니다."

자려고 하는데 이야기에 이끌려 잘 수가 없었다.

"아이들이 당신이 하는 지적에 따르지 않자 엄마 목소리는 점점 커졌습니다. 아마 크게 소리를 높이면 당신 자식이 자기 말에 굴복할 거라고 믿는 듯했습니다. 그러나 엄마가 소리를 키울수록 아이들이 대응하는 목소리도 커졌습니다. 지켜보는 제가 불편할 정도였지요."

강사 선생님은 무대에서 벗어나 맨 앞자리로 다가왔다. 그러고는 학생들과 일일이 눈을 마주치더니 질문을 했다.

"어떠세요? 여러분도 이런 경험 있으세요? 엄마가 큰소리로 야단을 치는데 부당하다고 느껴서 큰소리로 반항해 본적이?"

몇몇이 웅얼웅얼 대답하기는 했지만 뚜렷한 답변은 없었다. 강사는 잠깐 답변을 기다리는 듯 주변을 둘러보았지만 아무도 적극적으로 나서지 않자 다시 이야기를 이어 갔다.

"옆에서 식사하는 데 몹시 불편했습니다. 목소리 크기는 거슬리지 않았습니다. 식당에서 즐거움에 취해 크게 대화하거나, 아이들이 식당을 뛰어다니며 놀아도 저는 배려심이 조금 부족하다고는 생각하지만 불편하지는 않습니다. 그렇지만 그 가족이 벌이는 다툼은 내내 불편했습니다. 저는 왜 불편함을 느꼈을까요?"

질문을 했지만, 강사는 답을 기다리지 않았다.

"그것은 그들이 벌이는 다툼이 칼을 들지 않은 칼부림이었기 때문입니다. 부모와 자식이 칼을 휘두르며 서로에게 상처를 주기 위해 싸우는데 불편하지 않으면 이상하죠."

잠을 잘 수가 없었다. 처음에는 단지 말랑말랑한 이야기에 이끌려 잠이 오지 않았다면, 말싸움을 칼부림으로 비유를 하는 것에 정신이 번쩍 들었다.

"칼부림이라는 비유가 거슬리나요? 제 생각에도 칼부림이란 비유는 부적절합니다. 맞습니다. 평범한 칼부림은 그냥 몸에 상처를 내거나 가장 나쁜 경우에도 육체를 훼손하여 생명을 빼앗을 뿐입니다. 그러나 가장 친밀하고 가까운 가족 사이에서 휘두르는 칼은 몸이 아니라 영혼에 상처를 입힙니다. 때로는 영혼을 영원한 암흑과 지옥 속에 빠뜨리기도 하죠. 그러니 칼부림이란 비유로는 모자랍니다. 그들은 서로를 향해 가혹한 고문을 자행하고 있었습니다."

엄마에게 소리를 지르며 대든 경험이 떠올라 움찔했다.

"그렇다고 제가 가족끼리 다투는 걸 모두 고문으로 비유하는 것은 아닙니다. 그들은 가족이란 외피를 쓰고 있었지만, 서로가 하는 말을 전혀 듣지 않고, 그저 자기 속에 쌓인 분노와 불만을 터트리기만 했습니다. 그것은 울부짖음이지 말이 아니었습니다. 그들은 맹수였습니다. 서로 울부짖고 할퀴며 서로를 굴복시키려고 하는 맹수였습니다."

강사는 가운데 빈 통로를 느리게 걸었다. 갑자기 한 명을 붙잡고 질문을 했다. 마이크가 갑자기 자기 앞에 오자 그 아이가 화들짝 놀라며 자세를 고쳐 잡았다.

"엄마랑 큰소리로 다툰 적 있나요?"

그 아이는 둘레를 두리번거리더니 고개를 끄덕였다.

"왜 다퉜어요?"

"그냥, 아마, 게임 때문에……."

"게임하는 게 죄도 아닌데, 왜 다툼이 벌어진 거예요?"

"더 하고 싶은데 못 하게 해서……."

"엄마를 설득했나요?"

"아뇨. 그냥 몰래 했어요."

애들이 웃었고, 강사도 따라 웃었다.

"맞아요. 엄마들은 설득이 잘 안 되니까."

웃음이 강의실을 가득 채웠다.

"우리는 말을 많이 합니다. 인간은 말하는 존재죠. 그렇지만 말은 잘 안 듣습니다. 지금 여러분 가운데서도 많은 학생이 제 말을 안 듣고 어떻게 하면 들키지 않고 잘까? 머리를 굴리고 있겠죠. 저 강사는 왜 앞에 얌전히 서서 떠들지 않고 우리 사이를 돌아다니는 거야 하며 속으로 불평하는 학생도 꽤 있을 거예요."

몇몇 애들이 화들짝 놀라며 자세를 고치는 게 보였다.

"여러분은 엄마나 아빠, 선생님들이 여러분 이야기를 잘 안 들어준다고 투덜대요. 꼰대라고 비난도 하죠. 그렇지만 가만히 보면 여러분도 꼰대예요. 왜냐하면 꼰대는 자기 말만 하고 다른 사람 말을 안 듣는 사람인데, 여러분도 다른 사람 말을 잘 안 듣기 때문이죠. 그리고 여러분들은 식당에서 만난 그 가족들처럼 칼을 휘두른 경험이 다들 있어요. 내 의견만 내세우고 다른 사람 말은 다 틀렸다고 여기며 내 의견을 받아들이라고 강요하는 것, 그게 바로 말로 칼을 휘두르는 짓이죠."

강사가 느리게 걸으면서 말을 하는데 점점 내 쪽으로 가까이 왔다. 괜히 긴장되었다.

"요즘 어떤 연예인 때문에 인터넷이 꽤 시끄럽죠?"

이곳저곳에서 소란스럽게 연예인 이름이 마구잡이로 나왔다.

"맞아요. 바로 그 연예인입니다. 도통 연예계 쪽 이야기에는 관심도 없던 제 친구가 어제 저한테 그 연예인을 거론하며 인성이 쓰레기 같다고 비난하는 거예요. 왜 그렇게 생각하냐고 물었더니 인터넷에 나온 몇 가지 가십 기사를 들려주더군요. 제가 그 얘기에 탐탁지 않은 반응을 보이니까 친구는 수많은 누리꾼이 분노하고 있다면서 자기가 하는 비난이 타당함을 입증하려고 애를 썼어요. 아마 여러분도 같은 생각이겠죠?"

나도 그 연예인 얘기는 잘 안다. 친구 SNS에서 접하고 화가 나서 나도 같이 욕을 했다.

"저는 그 친구에게 이렇게 얘기했어요. '설령 그 가수가 잘못했더라도 그렇게 많은 사람이 몰려가서 비난하는 건 과도해. 죽을죄를 지은 것도 아니고, 크나큰 비리를 저지른 것도 아닌데 사소한 잘못으로 그렇게 수많은 사람이 달려들어 비난하고, 욕을 해야겠어? 진짜 욕먹을 사람에게는 그렇게 못 하면서 다수 속에 숨어서 약자를 공격하는 건 절대로 정당하다고 볼 수 없어. 그거야말로 진짜 욕먹을 짓이 아닐까?' 저는 제 의견이 무조건 옳다고 여기지는 않아요. 제 의견이 그렇다는 거죠. 여러분 의견은 어떠세요? 여러분은 무수한 사람들이 인터넷에서 그 연예인을 비난하는 행위를 어떻게 생각하세요?"

강사가 바로 내 옆으로 왔다. 강사와 눈이 마주쳤다. 혹시라도 질문에 답해야 할까 봐 얼른 눈을 피했다.

"어떤 이가 잘못을 저질렀다고 하면 우르르 몰려가 비난을 쏟아 내는 풍경은 정말 흔합니다. 유명한 연예인이 잘못을 저지르면 그 사람이 잘못한 크기보다 훨씬 거대한 비난이 몰아치죠. 일반인이라도 동영상에 나쁜 짓을 한 게 찍혀서 관심이 쏟아지면 수십만 명이 몰려가 인생을 망가뜨릴 정도로 비난을 퍼붓습니다. 그런데 그렇게 열성을 다해 정의를 외치던 사람들이 정작 큰 죄에 대해서는 아무런 행동을 취하지 않습니다. 요즘 모 재벌 회장이 불법 행위를 저질러서 재판을 받고 있어요. 어떤 권력기관은 자신들이 지닌 권력을 자기들 이익을 지키기 위해 마구잡이로 휘두르고 있어요. 재벌 회장, 권력기관은 우리 사회에서 책임과 권한이 막강해요. 그들이 저지른 잘못은 한 연예인이 저지른 잘못과는 견줄 수 없을 만큼 막대한 피해를 우리 사회에 입혀요. 그런데도 다들 조용하죠. 그들은 권한과 책임이 크므로 일반인보다 훨씬 엄격하게 벌을 집행하고, 작은 잘못도 비난받아야 해요. 그렇지만 정반대죠. 우리 사회는 큰 책임인 사람은 약하게 비난하고, 작은 책임인 사람은 크게 비난받아요. 왜 그럴까요?"

강사는 말을 끊고 잠깐 침묵했다. 우리에게 생각할 기회를 주려는 의도 같았다.

달콤한 파자마파티, 비밀은 없다

"두렵기 때문이죠. 괜히 대들었다가 크게 당할지도 모른다는 두려움 때문에 입 닥치고 있는 겁니다. 그러면서 연예인이나 일반인이 비난받는 과녁이 되면 마치 정의를 실현할 사명감이 넘치는 사람처럼 달려들어 욕을 해댑니다. 왜요? 보복을 당할 걱정이 없으니까요. 나는 수많은 사람 가운데 한 명이고, 힘없는 사람이 나에게 뭘 어쩌겠어 하는 마음이죠. 그건 정의가 아닙니다. 그건 폭력이에요. 정말 비난해야 할 대상을 향해 비난하는 것이 참된 정의입니다."

강사는 다시 모두를 마주 보는 자리로 가 섰다.

"오늘 제가 부탁받은 강의 주제는 아시다시피 민주주의 회의입니다. 그런데 이제까지 딴소리만 한 것 같죠?"

여기저기서 작은 웃음이 새어 나왔다.

"회의는 왜 할까요?"

이번에는 쉬운 질문이었다. 답변이 활발했다. 나도 쉽게 답할 만한 질문이었다. 의견을 모으기 위해, 일을 계획하기 위해 회의를 한다. 답이 뻔한 질문이었다. 그러나 수많은 답을 듣고도 강사는 원하는 답을 듣지 못한 표정을 지었다.

"그냥 똑똑한 사람 몇몇이 모여 결정하면 되잖아요? 그게 낫지 않아요? 멍청한 사람한테 의견을 구해 봐야 뭐 뾰족한 의견이 있겠어요? 그런데 중요한 결정을 왜 멍청한 사람한테까지 물어볼까요?"

피구를 할 때 규칙을 제대로 이해 못 한 재구가 떠올랐다. 재구처럼 독해력이 떨어지는 사람은 의사 결정에 참여하지 않는 게 맞다는 생각이 들었다.

"우리나라에서 대통령을 뽑는 일은 가장 중요해요. 대통령을 잘못 뽑으면 나라가 위기에 빠지고, 잘 뽑으면 강대국으로 성장할 수도 있죠. 그런데 그런 중요한 선거를 멍청한 사람에게 맡겨서야 되겠어요?"

반박할 논리가 떠오르지 않았다.

"다시 묻죠. 회의는 왜 할까요?"

답을 찾을 수 없었다.

"회의를 하는 이유, 그것은 사람이 불완전하기 때문입니다. 내가 틀릴 수 있기 때문에 다른 사람 의견을 구하는 거예요. 이건 다른 말로 하면 다른 사람 의견이 맞고, 내 의견이 틀릴 수 있다는 걸 인정하기 때문에 회의를 하는 겁니다. 내가 맞는다면, 내가 옳다면, 내가 완전하다면, 다른 사람 의견을 구할 이유가 없어요. 똑똑한 사람이 모두 옳은 결정을 하고, 현명한 결정을 한다면 평범한 사람들에게 의견을 구할 이유가 없어요. 존중이란 내가 틀릴 가능성을 인정하는 태도죠. 회의는 상대방을 존중하기 때문에 합니다. 그리고 앞서 식당에서 만난 가족은 자기는 옳고 상대는 틀렸기에 서로를 향해 고함을 쳤습니다. 인터넷에서 힘없는 사람을 몰아붙이는 이들도 자신은 옳고 상대는 틀렸으니 마음껏 욕하고 비난해도 된다고 생각한 것입니다."

강사는 그렇게 말하고 컴퓨터 앞으로 가서 프리젠테이션 화면을 띄웠다.

"이제부터 여러분이 학생회 회의를 할 때 활용하면 좋은 방법이나 규칙을 간단하게 알려 줄 겁니다. 제가 안내하는 모든 방법은 '내가 틀렸을 수도 있다.'는 태도에서 나오는 것입니다. 나는 틀릴 수 있다, 잊지 마시기를 바랍니다. 여러분은 신이 아닙니다."

강의 시간은 벌써 반이 흘렀고, 강사는 학생들이 회의할 때 사용하면 좋을 회의법을 간단하고 알기 쉽게 설명했다. 그러나 그런 기법은 사실 별로 머리에 들어오지 않았다. 강의 앞부분에 했던 이야기가 강렬하게 기억에 박혀서 잊히지 않았다.

강의는 8시 15분에 끝났다. 선생님은 8시 30분부터 진행할 일정을 안내해 주었다. '우리가 해결하는 우리 문제'가 뭔지 궁금했는데, 알고 봤더니 모의 회의 운영이었다. 강의에서 들었던 것을 실제 회의에서 적용해 보는 연습이었다.

잠시 쉰 뒤 나는 3학년 회장, 부회장들이 모이는 소회의실로 이동했다. 소회의실에는 외부에서 온 진행자가 기다리고 있었다. 박시우 선생님은 학생회 간부들이 모이는 소회의실로 들어갔다. 우리가 있는 곳에 박시우 선생님이 들어오지 않아 조금 아쉬웠다. 강의에서 들었던 원칙을 실제 회의에서 어떻게 실현하는지 직접 보면 좋겠다고 생각했기 때문이다.

3학년 담당 진행자는 조금 깐깐해 보였다. 우리에게는 체육대회 준비라는 상황을 줬고, 반 회의를 통해 의사 결정을 하는 과정을 연습하게 했다. 그 자리에는 각 반 회장, 부회장이 모여 있었지만, 생각만큼 회의가 잘 진행되지는 않았다. 회의 원칙과 격식에 맞게 진행하려다 보니 어색해서 힘들었다. 그러다 보니 1, 2학년 때 경험했던 혼란스러운 회의가 그대로 재현되었다. 물론 우리끼리는 재미있었다. 웃음도 종종 터졌고, 장난도 많이 쳤다.

몇 가지 방식만 알려 주고 지켜보기만 하던 진행자가 갑자기 책상을 '쾅' 내리쳤다. 모두 깜짝 놀라 입을 다물었다. 진행자는 우리를 매섭게 훑어보더니 입을 열었다.

"이럴 줄 알았어요. 내가 외부 강의를 많이 다녀봐서 아는데 어른들도 잘 안 되는 회의법 교육을 학생들한테 하는 게 잘될 리가 없다고 생각했어요. 3학년씩이나 돼서, 그것도 각 학급을 이끄는 회장 부회장씩이나 돼서 이런 엉망인 꼴을 보니 역시 기대를 저버리지 않네요. 제가 원래 박시우 선생님을 따라오지 않으려고 하다가, 선생님이 하도 부탁해서 왔는데, 역시 인정에 끌려서 따라나서는 게 아니었어요."

기분이 나빴다. 한마디 한마디에 우리를 향한 경멸이 실려서 비수처럼 날아왔다. 박시우 선생님이 예를 들었던 식당 사례와 다른 점이 있다면 큰소리를 치지 않고, 한쪽은 반격도 못 한 채 당한다는 것이었다. 반항을 못 하니 더 기분이 불쾌했다. 나뿐 아니라 다른 애들도 기분 나쁜 기색이 역력했다.

"아까 박시우 선생님이 뭐라고 했어요? 결정할 사항이 무엇인지 명확히 하라고 했잖아요? 기억 안 나요? 그런 머리로 공부를 어떻게 하는지 걱정이네요. 무엇을 의논할지 분명히 정하고, 한 번에 하나씩 의논하기! 그게 그렇게 어려워요? 여러분 바보예요? 여러분한테 다시

달콤한 파자마파티, 비밀은 없다

기회를 줄 테니 바보가 아니란 걸 증명해 봐요."

그 진행자는 그때까지 우리가 결정한 모든 사항을 백지로 돌리고, 새롭게 의논하라고 지시했다. 우리는 시키는 대로 해야만 했다. 비웃음을 산 채 끝낼 수는 없었다. 다들 이를 악물고 진지하게 배운 대로 회의를 진행했다. 웃음도 장난도 없이 무겁게 진행된 회의였다. 우리는 진행자가 원하는 형식으로, 원하는 결론을 만들어 냈다. 어른들이 원하는 답을 찾아서 답지로 제출하는 것은 우리에게 아주 익숙했다.

진행자는 꽤 만족스러워했다.

"역시 제가 제대로 자극을 줬군요. 여전히 미숙하고 모자란 게 많았어요. 특히 회의에 활기가 없는 점은 문제예요. 활기를 어떻게 끌어내는지 알려 주고 싶지만 약속한 시간이 얼마 안 남았네요. 저는 시간 약속은 철저히 지킵니다. 여러분도 회의 시간은 철저히 지키도록 해요. 회의 과정과 결과물은 전체 모임에서 발표할 거니까 누가 발표할지 정하도록 하세요. 물론 이것도 회의를 통해 결정해야겠죠?"

아무도 나서지 않았다. 말 한마디 잘못했다가는 발표자로 지목될까 봐 다들 입을 꾹 다물었다. 침묵이 길어지자 진행자 얼굴이 심하게 일그러졌다. 또다시 불쾌한 훈계를 들어야 한다고 생각하니 짜증이 치밀었다. 나는 옆에 앉은 재구 옆구리를 강하게 찔렀다. 갑작스러운 옆구리 공격에 당황한 재구는 손을 크게 휘저었다. 사회자가 재구를 바로 발표자로 지목했다. 다른 애들은 열렬한 박수로 재구를 발표자로 밀어붙였다. 그렇게 해서 가장 독해력이 딸리는 재구가 발표자가 되고 말았다.

다음 일정은 곧바로 이어졌다. 우리끼리 서로 대화를 나눌 틈도 없었다. 불만은 목구멍까지 차올랐는데 아무 말도 못 하니 속에서 마그마가 끓어올랐다. 전체 모임에서 모둠별로 회의를 통해서 결정한 사항과 회의를 하며 느꼈던 점을 발표했다. 1학년은 즐겁고 유쾌한 발표였고, 2학년은 발표 내용에 깊이가 있었다. 그러나 3학년은 아무것도 없었다. 그것은 재구가 발표를 엉망으로 한 탓도 있지만, 좋게 발표할 만한 내용이 하나도 없는 탓도 있었다.

우리 뒤에는 학생회가 발표했는데, 발표 내용과 형식이 모두 완벽했다. 무엇보다 학생회 간부들 얼굴이나 말씨가 기쁨에 들떠 있었다. 뭔가 신비로운 사건을 바로 겪은 체험자 같았다. 박시우 선생님이 흐뭇하게 발표를 지켜보았다. 그 옆에 우리 모둠에 들어온 진행자가 무표정하게 서 있었다. 극과 극이었다. 어떻게 저런 사람이 진행자로 들어올 수가 있단 말인가?

박시우 선생님에게 우리 모둠 진행자가 얼마나 엉망이었는지 알리고 싶었다. 저런 사람은 가까이 두지 말라고 말하고 싶었다. 그러나 내게 그럴 기회는 없었다. 전체 발표가 끝나자 박시우 선생님은 각 진행자와 함께 바로 떠나 버렸다. 속은 부글부글 끓었지만 풀 방법은 없었다.

전체 모임을 마무리하면서 선생님은 일탈행동을 하지 말라고 강하게 경고했다. 그 일탈행동에 방을 바꾸는 게 포함되는지는 분명하지 않았다. 선생님은 우리가 밤에 먹을 간식을 방마다 넣어 주었다. 밤에 몰래 밖으로 나가서 먹을 것을 구해 오는 일탈을 막기 위한 조치 같았다. 우리는 모임이 끝나자마자 방을 바꿨고, 다섯 명이 한 방에 다시 모였다.

파자마파티 이후로 처음 편하게 만났는데 분위기가 편치 않았다. 그 이유는 분명했다. 우리 모둠에 들어온 진행자 때문이었다. 처음에는 다들 꾹꾹 누르며 다른 얘기를 했지만, 모른 척 넘어가기에는 불만이 워낙 컸다.

"그 진행자, 너무 심하지 않냐?"

서아가 물꼬를 텄다. 그러자 기다렸다는 듯 불만과 비난이 홍수처럼 쏟아졌다. 나는 평소에 친구들과 어울릴 때조차 욕을 거의 쓰지 않는데, 나도 모르게 욕이 나올 지경이었다. 한동안 욕과 비난을 쏟아 내고 나니 끓어오르던 속이 조금 가라앉았다. 그러나 편해지지는 않았다.

"박시우 선생님 강의는 정말 인상이 깊었는데, 어떻게 같이 온 진행자가 그런 쓰레기냐."

"안 그래도 잠깐 석주한테 들었는데 자기들은 말도 못 하게 좋았대. 자기가 태어나서 그렇게 회의가 잘 되고, 뭔가 단기간에 성장한 느낌은 처음 맛봤다는 거야. 그런데 우리는……, 아 그 쓰레기 같은…, 어휴 짜증 나."

이석주는 우리 학교 학생회장이다.

"그년을 어떻게 해 버리고 싶다, 정말!"

재희가 이를 갈았다.

"안 그래도 박시우 선생님에게 그 진행자가 얼마나 엉망이었는지 알리고 싶었어. 저런 사람은 가까이 두지 말라고."

"이건 그 선생님에게 알리고 끝낼 문제가 아니야."

내 의견에 서아가 더 강하게 나왔다.

"이건 인권침해야."

인권침해란 단어를 들으니 갑자기 속이 시원해졌다. 우리가 당한 사건을 어떻게 명명해야 할지 명확히 규정하지 못해 답답했는데, 서아가 인권침해라고 하니 모든 게 분명해졌다.

"그래 맞아. 인권침해야."

민새도 동의하고 나섰다.

"인권침해를 당했어. 그럼 우린 어떡해야 할까?"

재희가 마치 사회자처럼 질문을 했다.

"알리고 항의해야지."

보배가 말했다.

"항의를 어떻게 해?"

"어떡하긴, 일단 선생님에게 알리고, 선생님이 그 강사에게 항의하도록 해야지."

우리는 모두 보배 의견에 동의했다.

언제 어떻게 항의할지 정하기로 했다. 강의를 통해 배운 회의법은 우리가 의사결정을 하는 데 꽤 쓸모가 있었다. 질질 끌면 좋을 게 없다는 데 다들 동의했다. 내일 아침 식사 시간과 교육 일정을 고려해서 아침을 먹은 직후인 8시 30분에 선생님들께 단체로 찾아가 상황을 설명하고 항의하기로 했다.

그렇게 의견을 모으고 나니 마음이 가벼워졌다. 그러고 나자 다시 파자마파티 때와 같은 친근한 분위기가 형성되었다. 우리는 간식을 먹고, 편하게 뒹굴면서 긴긴밤을 웃음과 공감으로 채웠다. 수련회에서 남몰래 즐긴 은밀한 파자마파티였다.

나 홀로 어깨동무

늦게 잠들었지만 나는 가장 먼저 깼다. 먼저 깨끗이 씻고 옷도 깔끔하게 갈아입었다. 서아는 조금 늦게 일어나서 씻었지만, 민새와 보배, 재희는 제대로 씻지도 못하고 식사를 하러 갔다. 잠이 부족한 탓에 아침은 그리 맛이 없었다. 아침을 먹고 방으로 올라오려는데 학생회장인 석주가 서아를 찾았다. 방에 올라온 나는 재빨리 이를 닦고 먼저 나왔다. 다른 애들에게 편하게 씻을 시간을 주기 위해서였다. 나는 약속대로 1층으로 내려갔다. 로비에서 친구들이 내려오기를 기다렸다.

약속 시간인 8시 30분이 다 됐는데 아무도 내려오지 않았다. 씻는데 시간이 오래 걸리나 싶어서 그냥 기다렸다. 휴대전화는 모두 선생님에게 제출했기 때문에 방으로 올라가지 않으면 연락할 방법이 없었다. 로비에 걸린 시계가 8시 40분을 가리켰다. 방으로 올라갈까 하다가 조금 더 기다리기로 했다. 8시 45분이 되었다. 아무도 내려오지 않았다.

'도대체 왜 아무도 내려오지 않는 거지?'

'무슨 일이 있나?'

그러다 불길한 생각이 비집고 들어왔다.

'설마 나를 배신한 거야? 넷이 한꺼번에?'

배신이란 음험한 기운이 검은 연기를 피우며 슬금슬금 로비 바닥을 채웠다.

'그럴 리 없어. 다들 겪은 일이 있는데……'

지난번 파자마파티에서 들었던 얘기가 떠올렸다. 친구들을 믿고 싶었지만, 검은 의심은 사라지지 않았다.

'원래 넷이 더 친하잖아.'

해서는 안 될 상상이 떠올라 나를 괴롭혔다. 나는 고개를 세차게 흔들고 벌떡 일어났다.

'올라가서 직접 확인해야겠어. 상상은 독이야.'

시간을 보니 8시 50분이었다. 방으로 올라가려는데 선생님들 숙소 문이 열렸다.

"유한별, 여기서 뭐 해?"

학생주임 선생님이었다. 나는 당황해서 적당한 답변을 고르지 못해 우물거렸다.

"잘됐네. 이것 좀 도와주라."

선생님은 종이상자 두 개를 내게 맡겼다.

"안 무겁지?"

내가 대답을 하기도 전에 선생님은 앞장섰고, 나는 선생님 뒤를 따라서 대강의실로 가야만 했다. 대강의실에는 이미 여러 명이 와 있었다. 대강의실에 가서도 선생님이 시키는 심부름을 몇 가지 더 해야 했다. 9시가 조금 지나자 모든 학생이 강의실로 들어왔다. 나는 친구들이 어디 앉았는지 제대로 확인도 못 하고 가장 앞자리에 앉아야 했다.

학생주임 선생님은 마이크를 잡고 다음 진행할 일정을 안내했다. 나는 맨 앞에 앉아서 친구들이 어디에 앉았는지 확인했다. 간신히 찾았을 때, 친구들 표정을 보고 의구심이 들었다. 다들 아무렇지 않게 앉아 있었다. 나와 눈이 마주치기도 했는데 표정 변화가 없었다. 네 명 다 마찬가지였다. 마치 다 같이 약속이나 한 것 같았다. 속으로 별의별 생각이 다 들었다.

'막상 선생님에게 말하려니 두려운 거야?'

'혹시 강한 상대인 것 같으니까 도망친 거야? 우리끼리 나눴던 얘기는 그냥 인터넷에서 약한 사람한테 몰려가 비난 댓글을 다는 짓과 똑같은 거였어?'

배신이란 낱말을 떠올리긴 싫었지만 어쩔 수가 없었다.

그때 박시우 선생님이 했던 말이 떠올랐다.

'정말 비난해야 할 대상을 향해 비난하는 것이 참된 정의입니다.'

'그래 맞아. 나는 너희처럼 비겁하게 도망치진 않아.'

달콤한 과자마파티, 비밀은 없다

아무래도 이 기회를 놓치면 문제를 제기할 기회가 없을 듯했다. 나는 각오를 다지고 손을 들었다.

"어, 그래! 질문 있니?"

나는 자리에서 일어났다. 그러고는 친구들을 힐끗 한 번 봤다. 친구들은 아무런 표정 변화가 없었다. 배신감이 짙어지고 각오는 더 단단해졌다.

"어제 '우리가 해결하는 우리 문제' 시간에 벌어진 일에 관해 말씀드릴 게 있습니다."

"어제 일이라, 오늘 일정에 관한 질문이 아니면 나중에 말하면 안 될까?"

"아니요. 꼭 지금 말씀드려야 할 일입니다."

"지금 시간이……."

그대로 있으면 선생님이 내게 발언할 기회를 주지 않을 듯했다.

"인권침해가 있었습니다."

나는 재빨리 핵심을 터트렸다. 인권침해란 폭탄은 확실히 효과가 있었다. 선생님은 표정이 굳어졌고, 더는 내 말을 막아서지 않았다.

나는 어제 겪었던 일을 최대한 세세하게 전하려고 노력했다. 강의실을 짓누르는 팽팽한 긴장감을 이겨 내며 부당한 인권침해를 고발하는 것은 쉬운 일이 아니었다. 그러나 나는 굴복하지 않았고, 내 결심을 끝까지 지켜 냈다.

"… 그러니 선생님께서 적절한 조처를 해 주시기를 바랍니다."

나는 요구사항까지 명확히 하고 자리에 앉았다.

"몹시 당황스러운 이야기군. 그렇지만 한 사람 얘기만 듣고 조치를 취할 수는 없지. 이왕 말이 나왔으니 여기서 들어 보자. 혹시 다른 3학년 학생 가운데 어제 있었던 일을 말할 사람이 있나?"

나는 뒤를 보며 친구들을 살폈다. 서아는 바로 옆에 앉은 석주와 심각하게 귀엣말을 나눴고, 다른 친구들은 어찌할 바를 모른 채 당황한 기색이 뚜렷했다. 다른 3학년들은 웅성거리기만 할 뿐 아무도 나서지 않았다.

"아무도 없나?"

'배신, 배신, 배신! 너희들이 어떻게 나한테 이럴 수 있어?'

"좋아! 많은 사람이 있는 데서 이야기하기 어렵다면, 일단 일정을 진행하고, 수련회가 끝난 뒤에 선생님이 따로 조사할게. 지금부터 계획한 대로 일정을 진행하자."

다들 우르르 일어났다.

"유한별, 너는 선생님을 따라와라."

나는 일정에 참여하지 않고 선생님들 숙소에 가서 진술서를 작성했다. 말로 할 때보다 글로 쓰려니 훨씬 어려웠다. 정확하게 써야 한다는 압박감이 말보다 훨씬 심했다. 쓰고 지우고, 쓰고 고치기를 반복했다. 다른 일정이 거의 끝날 때쯤에야 겨우 진술서 작성을 마쳤다.

진술서를 완성한 뒤에도 꼼꼼하게 다시 읽었다. 혹시라도 사실과 다른 데가 있는지 꼼꼼하게 확인했다. 진술서를 두 번 읽고 내려놓으니

석주가 학생주임 선생님과 함께 들어왔다. 학생주임 선생님은 내 진술서를 보더니 떨어진 곳에 가서 읽었다. 석주가 내 옆에 앉았다.

"너, 내가 한 말 못 들었어?"

석주가 넌지시 물었다.

"무슨 말?"

"혹시나 했는데, 정말 못 들었구나."

"뭔 말인데?"

석주는 거칠게 숨을 내쉬더니 다시 조용히 말을 이었다.

"아침에 서아한테 어제 겪은 일이랑 너희들 계획을 들었어."

아침에 석주가 서아를 찾는 장면이 떠올랐다.

"서아는 당장 선생님께 따지겠다고 했는데, 내가 말렸어."

"왜 말려? 네가 뭔데?"

"쩝! 그렇게 말하면 나는 학생회장이라고 말해야겠지."

"학생회장이면 그래도 되는 거야?"

"화 좀 가라앉히고 차분히 들어 봐."

석주는 선생님을 힐끗 보더니 조용히 말을 이었다.

"처음 듣고 나도 바로 너희들과 같이 문제를 제기하려고 했어. 그런데 생각해 보니 그렇게 하면 박시우 선생님께 피해가 크게 가겠더라고."

"그 선생님께 피해가 왜 가? 그리고 그 피해를 왜 네가 걱정하는데?"

나는 심사가 꼬일 대로 꼬여서 석주 말이 모조리 곱게 들리지 않았다.

"학교에 정식으로 항의를 하면 학교는 조사에 들어갈 수밖에 없어. 그러면 조사 결과를 교육청에도 보고해야 하고, 박시우 선생님이 학교 강의를 하는 데 장애가 생길 수 있어. 이런 문제가 터지면 학교 쪽에서는 어쨌든 문제를 일으킨 강사를 안 쓰려고 할 테니까. 그러면 다른 학교에서 박시우 선생님은 강의를 못 하게 될 가능성이 커."

"그건 그 진행자가……."

석주가 내 말을 끊었다.

"그건 네 생각이지. 진행자를 관리할 책임은 박시우 선생님께 있어."

"그게 박시우 선생님에게 있다고 쳐. 도대체 그걸 네가 왜 걱정하고, 막아서는 건데? 학생회장은 인권침해를 당한 우리를 더 걱정해야 하는 거 아니야?"

"이런 말을 하면 네가 어떻게 생각할지 모르겠지만, 어제 학생회 간부들은, 엄청난 경험을 했어."

학생회 간부들이 전체 발표에서 상기되어 있던 모습이 생각났다. 그리고 서아가 전했던 말도 기억났다.

"어제 서아한테도 말했는데, 내 생애 그런 회의는 처음이었어. 짧다면 짧은 시간이었지만 나는 박시우 선생님과 함께하면서 민주주의가 얼마나 사람을 기쁘게 하고, 열정이 넘치게 하는지 배웠어. 아니 직접 체험했어. 나쁜 아니야. 다들 나 못지않게 놀라워했어. 만약에 그 진행자를 문제 삼으면 우리에게 엄청난 경험을 선물해 주신 박시우 선생님이 곤란한 처지에 몰려. 나는 그분이 그런 곤란을 겪게 하고 싶지 않아.

이상하게 들리겠지만 은혜를 갚고 싶었어."

내 심사가 뒤틀린 상태였지만 석주 말은 충분히 이해되었다.

"그래서 서아에게 부탁했고, 서아가 다른 애들에게 말해서 동의를 구했어. 나는 너한테도 내 뜻을 전한 줄 알았고, 네 친구들은 네가 다시 올라오면 그때 말해 줄 생각이었는데, 일이 꼬이려는지 그럴 기회를 놓쳐 버렸다고 해."

상황을 알고 나니 얼었던 마음이 조금은 녹았다. 그러나 전체 발표 시간에 내가 그렇게까지 했는데도 입을 다물고 있던 것은 납득이 안 됐다.

"그건 이해해. 그런데 내가 나서면서 상황이 바뀌었잖아. 그때 선생님이 다른 사람 없냐고 물었는데, 왜 아무도 안 나선 거야?"

"솔직히 말할게. 그 순간에 일을 공식화해서 해결할지 조용히 처리할지 고민했어. 서아는 이렇게 되었으니 원래 계획대로 가자고 했지만, 나는 어떻게든 일을 조용히 처리하는 게 낫겠다고 판단했어. 네 친구들은 내 판단을 믿고 따라 준 거야."

모든 상황을 알게 되자 친구들이 한 판단이 이해되었다. 친구들이 한 선택이 조금 섭섭하긴 하지만 학생회장이 대놓고 부탁하는데 그걸 저버리기도 쉽지 않았을 것이다. 배신을 당한 게 아니라서 안도했다.

"그래서 너한테 부탁하려고 왔어. 일을 키우지 말고 조용히 해결하면 좋겠어. 수련회에 참가한 간부들한테는 내가 잘 말해 놓을게. 너는 용기 있는 고발을 했고, 네 문제 제기는 받아들여질 거야."

“그건 내가 보장하지.”

어느새 학생주임 선생님이 바로 옆에 와 있었다.

“그렇지만 나는 네 결정이 우선이라고 생각해. 네가 무엇을 선택하든 선생님이 책임질 테니 걱정하지 말고 원하는 방향을 결정해.”

내 의견은 이미 정해졌다.

“석주 의견을 따를게요.”

오징어를 좋아한대

　학생회 회의를 마치고 교실로 가는데 한재구가 나를 따라왔다. 수련회에서 짝꿍 피구를 할 때 규칙을 이해 못 해서 헤매던 바로 그 한재구다. 무시하고 빠르게 걸었더니 뜀박질을 해서 내 옆으로 나란히 섰다. 그러고는 회의에서 나눠 준 자료를 나한테 들이밀었다.

　"한별아, 이걸 두 개씩 표시하라는 거야?"

　"너도 들었잖아. 그걸 나한테 또 왜 물어?"

　"설명을 들었는데 헷갈리니까 그렇지."

　단순하기만 했던 짝꿍 피구 규칙도 헷갈려서 엉뚱한 짓을 했던 재구다운 반응이었다.

　"동아리 설문 항목은 한 개씩 답변하는 단수 응답, 학교 교칙 관련한 불만 사항은 반드시 두 개씩 답변하는 복수 응답, 학생회 행사와 체험 학습은 복수 응답과 단수 응답이 다 가능."

"아이 씨, 뭐 이리 복잡해."

"이게 뭐가 복잡하다고."

"그냥 처음부터 끝까지 같은 방식으로 하지, 헷갈리게."

"답변 방식을 다르게 한 까닭을 학생회장이 자세히 설명했잖아. 그때 안 듣고 뭐 했어?"

"들었지. 들었는데 막상 애들한테 설명하려니까 잘 모르겠어."

"으이구, 내가 너랑 말을 섞지 말아야지."

대화를 나눌수록 답답해서 재구를 떨구고 가려 했지만, 재구는 끝까지 나를 붙잡았다.

"석주가 마지막에 꼭 하라고 했던 게 뭐였지?"

"그것도 안 들은 거야?"

"설문지 보느라……, 마지막에 중요하단 말은 들었는데 그게 뭐였어?"

"중요하단 말은 안 놓쳤네?"

"그러지 말고 알려 줘."

설명해 주려다 생각을 고쳐먹었다.

"내가 문자로 알려 줄게."

"그냥 지금 설명해 주지, 왜 그래?"

"기껏 내가 설명해 줘도 넌 까먹을 거잖아. 그럼 또 나중에 뭐냐고 물어볼 거고."

재구가 머리를 긁적였다.

"그런가?"

"내가 문자로 잘 정리해서 바로 보내 줄게."

"약속하는 거다."

"알았어. 걱정하지 마."

그때서야 재구는 안심하고 나를 놓아주었다.

그때 민새가 왔다. 재구는 민새한테 손을 흔들더니 자기 반 쪽으로 갔다.

"쟤 또 뭐냐?"

민새가 물었다.

"제대로 못 듣고 또 날 괴롭힌 거지. 뭐긴 뭐겠어."

"하여튼 8반은 뭐 저런 애를 부회장으로 뽑았는지 몰라."

"저래 봬도 공부는 잘해."

나도 믿기지 않지만, 재구는 공부를 잘한다. 저런 수준 낮은 독해력으로 어떻게 공부를 하고, 성적이 잘 나오는지 이해할 수 없지만, 재구가 나보다 성적이 높다는 사실은 틀림없다.

"공부 잘하는 바보네."

민새가 혀를 차며 얼굴을 일그러뜨렸다. 그게 꽤 웃겼다.

"재구랑 오징어랑 친구야?"

키득거리며 웃는데 민새가 물었다.

민새 시선을 따라가 보니 재구가 박도진과 교실 문 앞에 서서 서로 장난을 치고 있었다. 잠깐 몸 장난을 하던 둘은 허리, 목, 눈 위치에서 주먹끼리 치고는 집게손가락으로 입을 막더니 위로 쭉 뻗는 동작을 같이했다. 그러고는 멀리 떨어진 나한테 들릴 만큼 크게 웃어 댔다.

"끼리끼리 잘 노네."

민새를 따라 나도 웃었다.

며칠 뒤였다. 설문조사를 정리하려고 교실에 혼자 남아 있는데, 서아가 들어왔다. 나는 가볍게 손을 들어 서아를 맞이했다. 설문지 작성이 잘 되었는지 한 장씩 꼼꼼하게 확인했다. 서아는 내 옆에 서서 내가 일을 마칠 때까지 기다려 주었다. 나는 마지막 설문지까지 검토를 마친 뒤에 설문지를 봉투에 넣었다.

"어쩐 일이야?"

봉투를 들고 일어나며 물었다.

서아 얼굴빛은 그 어느 때보다 어두웠다.

"왜 그래? 무슨 일 있어?"

서아는 옆 책상에 걸터앉은 채 잠깐 뭔가 고민을 하더니 결심을 한 듯 말을 꺼냈다.

"솔직하게 말해 줘."

"뭔데? 왜 이리 심각해?"

나는 경직된 분위기를 풀려고 장난스럽게 말했다.

서아가 입술에 힘을 꽉 주더니 이로 혀를 살짝 깨물었다. 장난을 칠 분위기가 아니었다.

"네가 그랬니?"

뜬금없는 질문이었다. 무엇을 물어보는지 맥락을 이해할 수 없었다. 그러나 호의로 던지는 질문이 아니라는 점은 확실했다.

"내가 뭘 어쨌다는 거야?"

서아 눈 밑이 파르르 떨렸다.

"내가 한때 잠깐 오징어를 좋아했다고, 네가 소문내지 않았어?"

말도 안 되는 의심이었다.

"내가?"

나는 세차게 고개를 저었다.

"절대, 그런 적 없어."

나는 단호히 대답했다.

"그럼 누가 그랬는데?"

말도 안 되는 질문이었다. 내가 왜 이런 질문을 받는지도 모르는데 다짜고짜 그런 질문을 받으니 황당했고, 평소답지 않은 서아 태도에 의아했다.

"앞뒤 자른 채 그렇게 묻지 말고, 무슨 상황인지 내가 이해할 수 있게 해 주면 좋겠어."

나는 대화가 갈등으로 악화하지 않게 하려고 차분하게 말했다.

"내가 오징어 박도진을 좋아한다는 소문이 났어. 남자들끼리 서로 낄낄거리며 난리가 났어. 심지어 박도진이 나한테 징그럽게 웃기까지 하고. 여자애들 몇몇도 그걸 알았는지 나만 보면 쑥덕거리며 웃어."

박도진은 3학년 여학생들이 공식으로 인정한 최고 오징어다. 박도진은 얼굴이면 얼굴, 몸이면 몸, 성격이면 성격, 어느 하나 범상치 않다. 물론 범상치 않다는 문구는 안 좋은 쪽으로 그렇다는 뜻이다. 박도진은 여자들이 싫어할 만한 요소는 모조리 갖춘 탓에 대표 오징어로 찍혔고, 기피 대상이 되었다. 3학년 8반 여자애들이 아무도 박도진과 짝꿍을 안 하려고 해서 선생님이 하는 수 없이 박도진 짝꿍만 남자로 할 정도였다. 그런 박도진을 좋아한다는 소문이 났으니 서아로서는 상당히 불쾌할 만했다.

"누가 소문을 냈는지 모르지만 나는 아니야."

나는 그런 적이 없기에 당당했다.

"네가 아니면 도대체 누군데?"

그걸 왜 나한테 묻냐고 따지려고 했지만, 그랬다가는 감정싸움으로 번질 듯해서 애써 차분하게 되물었다.

"네가 왜 기분 나쁜지는 알겠어. 그런데 왜 네가 그런 소문을 냈을 거라고 의심하는지 도통 모르겠어."

"너 말고는 없으니까 그렇지."

"그러니까 왜 나냐고?"

서아는 숨을 들이켜며 천장을 한 번 쳐다보았다.

"내가 박도진을 …… 잠깐이나마 좋아했다는 사실은 딱 한 번 얘기했어. 파자마파티 때.”

“그래, 기억나. 그렇지만 다른 곳에서 얘기했을 수도 있잖아.”

“내 흑역사인데 그걸 내가 딴 데 떠벌리고 다녔겠어? 내 흑역사를 아는 사람은 너, 민새, 보배, 재희뿐이야.”

서아 말이 사실이라면 넷 중 한 명이 소문을 냈다고 의심할 만했다. 그렇지만 다른 사람이 아니고 왜 나일까? 왜 다른 사람은 의심하지 않고 나를 범인으로 단정하고 의심하는지 이해가 안 됐다.

“세 가지 이유가 있어.”

나를 의심할 이유가 세 가지나 된다고? 내가 그렇게 의심받을 짓을 하고 살았어?

“첫째, 넷 가운데 박도진 절친인 재구랑 가까운 사람은 너뿐이야.”

“재구랑 가까운 게 범인으로 몰린 이유란 말이야?”

억지 주장이었다.

“알아봤는데 소문은 박도진이 먼저 냈어. 내 비밀을 박도진에게 전해 줄 만한 사람이 누구겠어? 딱 봐도 재구잖아.”

어이가 없는 추론이었다.

“난 안 했어. 재구한테 확인해 봐. 난 안 했어.”

“내가 따져 묻는다고 재구가 솔직하게 말하겠어?”

나는 조금 더 냉정하게 대응해야 할 필요성을 느꼈다. 서아 감정을 배려하며 대화할 처지가 아니었다. 까딱 잘못하면 배신자로 찍힐 수도 있었다. 바로 내가 박유림, 김연지, 이미나, 이현영과 같은 배신자 취급을 당할지도 모를 위기였다.

"증거도 없으면서 그런 식으로 사람을 배신자로 몰지 마."

나는 어조를 강하게 바꾸었다.

"둘째, 수련회 때 나 때문에 네가 곤란한 처지로 몰렸고, 그것은 복수할 만한 타당한 이유가 돼."

서아가 근거를 세 가지라고 했을 때 혹시나 했는데 역시 그게 중요한 이유였다.

"나는 너를 원망하지 않았어. 그때도 그렇고 지금도 마찬가지야. 석주한테 충분히 설명을 들었고, 학생주임 선생님이 일을 깔끔하게 처리해 주셔서 불만은 전혀 없어."

"정말 그래? 나 때문에 그런 곤혹스러운 처지에 몰렸는데 나를 원망하는 마음이 하나도 없다는 게 말이 돼? 그걸 믿으라는 거야?"

물론 조금 원망하기는 했다. 서아가 그때 조금만 세심하게 마음을 써 주었더라면 내가 그런 곤란한 처지에 몰리지는 않았다. 그렇다고 큰 원망은 아니었다. 그냥 작은 섭섭함이었다. 그러나 솔직하게 조금 섭섭했다고 털어 놓을 수는 없었다. 나는 단호하게 없다고 해야만 했다. 그것이 내 결백을 지킬 방패였다.

"바로 그날 석주가 와서 사과도 하고 자세한 설명도 해 줬어. 석주 때문에 일이 꼬인 건데도 나는 석주한테 아무 감정이 없어. 하물며 내가 너를 왜 원망하겠어?"

나는 서아가 내 말을 있는 그대로 받아 주길 바랐다. 그러나 서아는 내 말을 받아들이는지를 알려 주지 않았다.

"셋째, 너도 파자마파티 때 들어서 알겠지만 민새, 보배, 재희는 나처럼 심각한 배신을 당한 적이 있어. 그런 애들이 내 뒤통수를 칠 이유는 없어."

"그럼 나는 있다는 거니?"

"소거법으로 내린 결론이야."

"소거법?"

"그래! 의심할 만한 사람은 넷, 그중에 셋은 동기도 없고, 박도진이랑 연관도 없고, 나와 비슷한 일을 겪기까지 했어. 셋을 용의자에서 제외하면 남는 사람을 범인으로 의심하는 게 당연하지 않아?"

어처구니가 없었지만, 딱히 반박할 논리는 없었다. 내가 그 세 명을 붙잡고 소문을 냈는지 조사하고, 서아에게 숨겨 두었던 악감정은 없는지 밝혀낼 수도 없는 노릇이었다. 이대로라면 나는 옴짝달싹 못 하고 친구 비밀을 퍼트린 배신자가 될 판이었다.

"이래도 내가 널 의심하는 게 부당하니?"

"난 아니야. 안 했어."

강한 어조로 부정했지만 그렇다고 서아가 내 말을 곧이곧대로 믿어 줄 리가 없었다.

"혹시 나만 그렇게 생각하나 해서 다른 애들한테 다 물어봤어. 다른 애들도 마찬가지였어. 네가 가장 의심스럽다고."

서아는 믿었던 절친 연지에게 아픈 상처를 입었다. 10년을 쌍둥이 자매처럼 지낸 연지에게 당한 상처가 있는 서아가 가까워진 지 7개월 밖에 안 된 나를 무조건 신뢰할 리는 없었다. 그건 다른 세 명도 마찬가지였다. 배신을 당한 상처는 깊고, 그 파장은 길게 이어지기 마련이다.

돌파구를 마련해야 했다. 이대로 배신자로 의심받고 친구 관계가 파탄 나기는 싫었다.

"내가 안 했다고 아무리 말해도 안 믿어 주겠지만 난 안 했어."

내 진심을 아무리 전해도 나를 대하는 싸늘한 눈빛은 바뀌지 않았다.

"내 결백은 내가 증명할 거야."

나는 단호히 선언했다.

의심에서 벗어날 유일한 방법은 소문을 처음 낸 범인을 내 손으로 찾아내는 길밖에 없었다. 내가 내보인 단호한 다짐은 통했다. 서아를 완전히 설득하지는 못했지만 나를 범인으로 단정하지 않고 지켜보겠다는 답변은 얻었다. 나로서는 다행스러운 반응이었다. 서아를 보낸 뒤 범인을 찾아낼 방법을 고민했다. 민새, 보배, 재희를 조사하는 방법은 적절치 않았다. 혹 세 사람 가운데 범인이 있다고 하더라도 밝히기 어려울 뿐 아니라 자칫하면 애써 쌓은 우정이 한순간에 허물어질 위험이 있었다.

범인을 찾는 방법은 하나밖에 없었다. 당사자에게 직접 물어보는 것이다. 박도진은 재구와 친하고, 나는 재구와 가까우니 재구를 통해서 도진이가 어디서 처음 소문을 들었는지 알아낸다면 범인을 찾을 수 있을 것이다.

달콤한 과자마파티, 비밀은 없다

나는 재구에게 연락했다. 문자를 수십 통이나 보냈지만, 응답이 없었다. 전화를 걸었다. 연결음은 가는데 전화를 안 받았다. 걸고 또 걸었다. 열 번째가 되자 전화를 받았다.

"야! 너 내 전화 씹을래?"

다짜고짜 짜증부터 냈다. 서아에게 부당한 의심을 받으며 쌓였던 화가 재구에게 터졌다.

"아이~ 씨, 왜 그래! 나 게임하고 있었던 말이야."

"게임이 그렇게 중요해?"

"헐, 어떻게 우리 엄마랑 똑같이 말하냐?"

짜증을 더 내고 싶었지만, 그랬다가는 재구가 내 조사에 협조를 안 할 수도 있기에 애써 참았다. 재구는 독해력이 딸려서 내가 처한 상황을 자세히 설명하고 협조를 구하려고 시도해서는 안 된다. 질문을 단순화해서 답을 끌어내야 한다.

"도진이와 관련한 이상한 소문이 돌던데, 너 혹시 알아?"

"이상한 소문? 그게 뭔데?"

"정말 몰라? 도진이가 좋아서 떠벌리고 다닌다던데."

"아! 서아가 도진이 좋아한다는 거……. 크크크, 그 새끼 좋아 죽어. ㅎㅎㅎ."

웃음이 몹시 거슬렸다.

"웃지 마."

"왜? 크크크."

"웃지 말라면 웃지 마."

"내 참, 웃는 것도 마음대로 못 하게 하네."

"그 소문 어디서 들었어?"

"나야 도진이가 말해 줘서 알았지."

역시 재구는 독해력이 딸린다.

"도진이가 그걸 어떻게 알았냐고?"

"도진이도 그냥 들었다던데."

"그니까 누구한테 들었냐고?"

"몰라. 도진이 말로는 자기가 알았을 때쯤엔 웬만한 남자애들은 이미 다 알고 있었대."

"그래도 직접 전한 애가 있을 거 아니야."

"화장실에서 똥 싸다가 밖에서 애들이 시끄럽게 떠드는 말을 듣고 알았대."

이렇게 되면 범인이 누구인지 알아내기 막막해진다.

당사자에게 확인해서 범인을 찾는 방법은 실패였다. 그렇지만 소득이 전혀 없지는 않았다. 나는 통화를 녹음했고, 통화 내용은 내가 범인이 아님을 밝혀 줄 증거이기 때문이다. 곧바로 녹음한 파일을 서아에게 보내려다 그만두었다. 파일을 보내면 내가 소문을 내지 않은 것을 밝히는 데만 골몰하는 인상을 줄 수 있었다. 나는 서아에게 범인을 내가 잡겠다고 약속했다. 그 약속을 지켜야 했다. 그리고 통화 내용을 들려준다고 해서 서아가 나를 용의자에서 제외할 것 같지도 않았다. 재구와 나는 친하니 서로 짜고 녹음했다고 오해할 수도 있기 때문이다. 그랬다가는 서아와 영영 멀어지게 될 것이다.

조사는 단기간에 끝나지 않았다. 끈질기게 소문을 추적했다. 아는 남자들에게 일일이 물어봤다. 여전히 범인은 오리무중이었다. 아는 애들을 통해 다른 애들을 소개받아서 계속 조사를 했다. 공부를 소홀히 할 정도로 매달렸다. 나는 명예를 지키기 위해 최선을 다했다. 그러나 범인은 드러나지 않았고, 모르는 사람이 없을 만큼 소문은 번져 나갔다. 서아는 대놓고 나를 차갑게 대했고, 민새, 보배, 재희도 나를 멀리했다. 나는 이미 배신자 취급을 당하고 있었다. 내가 아무리 노력해도 내 무고함은 증명되기 힘들 듯했다.

모든 노력은 수포로 돌아갔다. 소문을 처음 퍼트린 사람을 찾겠다는 내 노력은 아무런 성과를 거두지 못했다. 아무래도 관계를 다시 회복하기는 어려울 듯했다. 과거에 재희 친구였던 이현영이 느꼈던 소외감에 공감이 됐다. 이야기를 들을 때는 이현영이 그렇게까지 한 까닭을 공감할 수 없었는데, 다섯 가운데 소외된 한 명이 되고 보니 이현영 마음이 이해되었다. 그렇지만 이현영과 같은 짓을 벌이기는 싫었다. 배신자로 찍힌 채 관계를 끝내기는 더욱 싫었다. 나는 그동안 녹음했던 파일과 조사 자료, 일정을 정리했다. 내가 이만큼 노력했으니 나를 믿어 달라고 할 생각이었다. 물론 서아가 믿어 줄지 확신할 수는 없었지만….

새벽까지 자료를 다 정리하고 잠자리에 드는데, 재구한테서 문자가 왔다. 무시하고 자려다 응답을 했다. 재구는 평소답지 않게 문자를 길게 썼다. 써 봐야 두 단어였던 재구가 10단어 이상으로 문장을 만들었다. 뭔가 내게 중요하게 할 말이 있는 듯했다. 졸린데 말을 빙빙 돌리니 짜증이 났다.

💬 이거 절대 다른 사람한테는 알리지 마. 그러니까 약속해 줘.

💬 짜증 나게 말 계속 돌릴 거야. 하고 싶은 말 있으면 바로 해.

💬 내 친구 인생이 걸린 일이야. 그러니까 제대로 약속해 줘.

💬 놀고 있네.

💬 약속 안 하면 말 안 해.

💬 알았어. 알았어. 약속할게.

💬 정확히 약속해.

💬 뭔 비밀인지 모르지만, 소문 안 낼 테니까 걱정하지 마. 약속 약속 약속! 됐냐?

💬 좋아.

💬 빨리 말해. 나 졸려.

💬 서아가 도진이 좋아한다는 소문 누가 냈냐고 조사하고 다녔잖아.

정신이 번쩍 들었다. 재구가 뭔가를 알아낸 듯했다.

💬 그게 있잖아. 그 소문을 다른 사람이 낸 게 아니라….

달콤한 파자마파티, 비밀은 없다

🗨 누구야?

💬 도진이가 스스로 낸 소문이래.

🗨 뭐?

💬 도진이가 서아를 좋아해서 그냥 그렇게 소문을 낸 거래.

🗨 정말이야?

💬 내가 왜 거짓말을 하나? 게임을 하다가 걔가 말실수했는데, 내가 꼬치꼬치 따지니까 솔직하게 털어놨어.

어처구니가 없어서 한동안 문자를 보내지 못했다. 날 다시없는 위기로 몰아넣은 이 사건이 우연에서 시작되었다는 게 어처구니없었다. 진실은 간단했다. 소문을 접한 서아는 지레 놀라서 비밀을 아는 네 사람을 의심했고, 가장 가능성 큰 나를 범인으로 지목한 것이다.

💬 약속했다! 아무한테도 알리지 않기로.

재구가 거듭 다짐을 받으려고 했다.

🗨 서아한테는 얘기할 거야.

💬 야! 약속했잖아!

🗨 서아가 범인이 나라고 계속 오해하고 있어. 나로서는 어쩔 수 없어.

💬 너, 정말 이럴 거야?

💬 걱정하지 마. 서아한테만 알릴 테니까.

재구가 나를 배신자니 어떠니 하면서 길길이 날뛰었지만 무시했다. 그다음 날 서아를 만나 진실을 전했다. 진실을 접한 서아는 어쩔 줄 몰라 했다. 나한테 미안해했고 박도진을 향해 욕을 퍼부었다. 진실을 알고 난 서아는 어떻게든 사실을 알리고 박도진에게 복수하려고 했다. 그러나 다음 날 박도진이 비밀을 털어놓음으로써 모든 사태는 일단락되었다. 내가 다 알릴까 봐 겁을 먹은 재구가 박도진에게 모든 진실을 털어놓게 만들었기 때문이다. 다른 때는 무디고 이해력도 떨어지던 재구였는데 이번에는 가장 깔끔하게 문제를 해결했다. 박도진을 향한 비난이 쏟아졌고, 서아가 하려던 복수는 자연스럽게 이루어졌다.

오해는 풀렸고 나는 다시 친구들 속으로 복귀했다. 처음에는 마치 오랫동안 떠났던 집에 돌아온 듯 기뻤다. 그러나 시간이 흐르면서 내가 친구들에게서 느끼는 감정이 그 이전과 다르다는 점을 인정해야만 했다. 아무리 노력해도 더는 파자마파티 때와 같은 친밀감으로 돌아가지 못했다. 곰곰이 따져 보지 않아도 그 원인이 배신감 때문임을 알았다.

나는 한 번이 아니라 두 번이나 배신감을 느꼈다. 내가 소문을 낸 범인이 아니라고 그렇게 강조했음에도 네 명 모두 나를 배신자로 취급했다. 친한 친구가 강력하게 부정하는데도 믿어 주지 않는 것이 배신이 아니면 뭐란 말인가? 따지고 보면 수련회에서 친구들이 한 짓도 배신이었다. 아무리 석주 부탁을 받았다고 해도 그때 그 상황에서 내 편을 들어주는 사람이 한 명쯤은 있어야 했다. 그때 그들은 내가 아니라 석주를 더 배려했다. 그것이 배신이 아니면 뭐가 배신일까?

나는 그때서야 파자마파티 때 그들에게 들었던 이야기에 제대로 공감했다. 그들이 받은 배신감이 얼마나 크고 아픈지 절절히 다가왔다. 내가 소문을 내지 않았다는 말을 믿어 주지 않은 까닭이 이해되기도 했다. 그렇다고 해도 내 배신감이 옅어지진 않았다.

이제 어떻게 해야 할까? 이런 내 마음을 솔직하게 털어놓고 대화를 나눠야 할까? 솔직하게 털어놓으면 다시 신뢰를 회복할 수 있을까? 서로 배신당한 상처를 안고 살아가는 이들끼리 대화를 통해 신뢰를 회복할 수 있을까? 그리란 확신이 들지 않았다. 어쩌면 내 불신만 드러낼 뿐 원하는 바는 이루지 못할지도 모른다. 그렇다면 내 감정은 숨기고 평화로운 관계를 계속 유지해야 할까? 그리하면 문제는 드러나지 않겠지만, 신뢰를 상실한 관계를 유지하는 게 어떤 의미가 있는지 모르겠다.

나는 어떻게 해야 할까?

무너진 성벽 틈에 쪼그려 앉은 내 가슴에 쓰디쓴 삭풍이 휘몰아친다.

파자마파티와 진실게임

아이스크림을 사서 돌아오니 화려한 조명과 알록달록한 풍선이 우리를 맞이한다.

아이스크림을 가운데 두고 떠먹는다.

시원함과 달콤함이 파자마파티에 대한 기대를 키운다.

아이스크림 통을 비우고 각자 준비한 옷으로 갈아입는다.

도라에몽, 유니콘, 펭귄, 개구리가 귀여운 몸짓을 하며 사진을 찍는다.

파자마파티 첫 일정은 미용실 체험이다.

머리를 돌돌 말고, 질끈 묶고, 가닥가닥 따며 서로 장난을 친다.

예쁘게 화장해 주겠다며 앉혀 놓고는 엉망진창 낙서를 한다.

서로 얼굴을 보고 깔깔거리며 놀린다.

파자마파티 둘째 일정은 문신 간접 체험이다.

잔뜩 준비한 판박이를 손, 팔, 얼굴, 다리에 붙인다.

예쁜 판박이를 붙이다 점점 개수를 늘려가니 피부가 놀이터가 된다.

그래도 좋다고 웃는다.

파자마파티 셋째 일정은 보드게임 대회다.

주사위를 던져 나온 숫자에 일희일비하며 승부욕을 불태운다.

셋째 일정까지 마치니 허기가 진다.

드디어 가장 기다리는 시간, 음식점 체험이다.

매운 떡볶이, 쫀득거리는 찹쌀 순대, 매콤한 치킨, 톡 쏘는 음료수가 혀를 기쁘게 한다.

배를 채우고 잠시 쉬다가 다섯째 일정인 영화관으로 입장한다.

첫 화면부터 피가 흐른다.

혼자서는 절대 못 볼 공포영화를 친구들을 믿고 본다.

친구들과 같이 보면 덜 무서울 줄 알았는데 전혀 그렇지 않다.

하도 눈을 많이 감아서 영화 줄거리가 어떻게 되는지도 모른다.

소리를 많이 질러 대서 목도 아프다.

영화를 끈 우리는 방바닥과 침대 위를 뒹굴며 노닥거린다.

게임도 하고, 그림도 그리고, 사진도 찍고, 영상도 본다.

뒹굴뒹굴 돌다가 느닷없이 유니콘이 베개를 들고 공격한다.

침대 위에서 폴짝폴짝 뛰며 베개를 휘두른다.

제대로 때리지도, 맞지도 않았는데 비명과 환호성이 오간다.

전투에 지쳐 우리는 벽에 발을 올리고 바닥에 나란히 눕는다.

학교, 학원, 친구, 숙제, 공부, 연예인, 드라마, 웹툰, 게임 얘기가 맥락 없이 오간다.

그러다 개구리가 불쑥 재미난 제안을 한다.

"우리끼리 비밀 하나씩을 공유하는 게 어때?"

"비밀?"

"그래, 친구끼리는 비밀을 공유해야 우정이 단단해지잖아."

"진실게임 같은 거야?"

"그거 재미있겠네."

"좋아, 네가 하자고 했으니까 너부터 해."

귀가 한곳으로 모인다.

"내가 먼저 할 테니까, 다들 하나씩 해야 돼? 안 하면 배신!"

개구리에게서 비밀이 흘러나오고, 파자마파티는 새벽을 향해 흐른다.